在碎片中寻找

Xing An

兴安

时代文艺出版社

图书在版编目（CIP）数据

在碎片中寻找 / 兴安著 . 一长春：时代文艺出版社，2019.12（2021.5重印）

ISBN 978-7-5387-6196-2

Ⅰ . ①在… Ⅱ . ①兴… Ⅲ . ①散文集 - 中国 - 当代 Ⅳ . ①I267

中国版本图书馆CIP数据核字（2019）第256546号

出 品 人　陈　琛
责任编辑　闫松莹
封面、插页绘画　兴　安
作者摄影　西　蒙
装帧设计　意匠文化·丁奔亮
排版制作　张　亮

在碎片中寻找

兴安 著

出版发行 / 时代文艺出版社

地址 / 长春市福祉大路5788号　龙腾国际大厦A座15层　邮编 / 130118
总编办 / 0431-81629751　发行部 / 0431-81629755
官方微博 / weibo.com / tlapress　天猫旗舰店 / sdwycbsgf.tmall.com
印刷 / 保定市铭泰达印刷有限公司
开本 / 787mm×1092mm　1 / 32　字数 / 190千字　印张 / 9.25
版次 / 2019年12月第1版　印次 / 2021年5月第2次印刷　定价 / 59.00元

兴安，号溪翁。文学艺术评论家、水墨艺术家、编审。

1962年出生。蒙古族。中国作家协会会员、中国当代文学研究会理事、中国作家协会作家书画院艺委会委员、北京作家协会理事。曾任《北京文学》副主编，现为作家出版社创意合作部主任。

毕业于中央民族大学中文系和鲁迅文学院第九届高级评论家班。

著有散文集《伴酒一生》《在碎片中寻找》以及评论等近百万字。主编有《中国当代乡土小说大系》《九十年代中国小说佳作系列》《女性的狂欢：中国当代女性主义小说选》《蔚蓝色天空下的黄金：中国六十年代出生作家代表作品展示》（小说卷）《知识女人文丛》等。

少年时期习画，近年开始水墨创作，作品被中国现代文学馆、意大利贝纳通学术基金会、法国作家之家、巴黎艺术中心、古巴哈瓦那大学艺术学院等国内外藏家收藏。

2018年在中国现代文学馆举办"白马照夜明 青山无古今：兴安水墨艺术展"。曾参加百名中国著名作家书画展暨《中篇小说选刊》35周年展、梦笔生花：当代语境下的文人艺术、"意象世界·多彩中国"民族微型艺术大展、首届中国多民族作家书画展暨"意新语俊"首届中国作家手札展、第六、七届北航艺术馆当代艺术邀请展等。

器而后道，道则不陨。

——兴安

目 录
CONTENTS

穹庐一曲本天然　叶梅　　　| 1

我不是画马的人　　| 3

蒙古包：真实的与想象的　　　| 5

迷人的杭盖，乌兰毛都草原　　　| 9

风鬣霜蹄马王出　　| 22

仰望《蒙古秘史》博物馆　　　| 35

相扶世运顺乎天　　| 43

难忘的"姆洛甲"　　| 49

伫佬草原的深情　　　| 57

江山美过画　　　| 66

伴酒一生　　　| 71

器而后道　　　| 78

钢琴乱弹　　　| 84

洗澡就是个节日　　　| 89

西索木　　　| 92

草原深处的"那达慕"　　　| 96

每一个深刻的灵魂都需要一张面具　　　| 101

她是个神　　　| 109

我记忆中的汪老　　　| 119

逝者永在，生者长思　　　| 127

说不尽的刘恒　　　| 130

天才静之　　　| 139

我将是他永远的读者　　　| 147

用喜剧的眼睛看透悲剧　　　| 153

小说是他的女人，写作是他爱女人的过程　　　| 161

父辈不在了，我们依然前行　　　| 165

融会贯通方可独树一帜　　　| 171

他用微笑与我们告别　　　| 186

用生命回报文学的恩典　　　| 190

他和我们一同思考并发笑　　　| 198

生活的花环：看雷加对文学的回顾　　　| 205

王小波的灾难　　　| 210

徐坤用话剧震了我们一道　　　| 214

纪念一个被遗忘的作家　　　| 219

阿塔尔：值得期待的文学新人　　　| 224

你好，弗朗索瓦丝·萨冈　　　| 235

在碎片中寻求他者　　　| 241

赫塔·米勒获诺贝尔文学奖说明了什么？　　　| 246

一个我们熟悉的陌生人：多丽丝·莱辛　　　| 251

被遗忘和庸俗化的弗洛伊德　　　| 255

神圣的傻瓜，善良的杰克·凯鲁亚克　　　| 261

阿加莎·克莉丝蒂与我们　　　| 268

后记：我依然热爱着文学　　　| 273

穹庐一曲本天然

叶 梅

　　与兴安相识已多年，初次见面却是在湖北郧西，其时北京市文联在那里举办一个活动，我与武汉的一位年轻作家同行，一进驻地小楼，那位年轻人便迫不及待四处探头大呼：兴安，兴安！我道兴安是谁？年轻人瞪眼大惑：你不知兴安？大有文坛无人不识此君的意味，让我好生惭愧。随后便见一男子迎出，宽肩厚唇，一副北方人的面相，年轻人上前拍肩打背，好一阵亲热。方知兴安正是张罗这次活动的北京市文联研究部的评论家。曾任《北京文学》副主编的兴安人缘甚广，跟与会者不分老幼都如哥们儿兄弟，会上漫谈，说古论今，席间豪饮，斗酒不醉，原来性情中人也。

后来接触便多起来，我来京工作之后，因兴安是蒙古族，又做着评论，于是常在一些场合不期而遇，听他带着胸腔共鸣的发言，也不时读到他的文章，知他兴趣广泛，爱干的活儿可一头扎进去，不计功利，且常是利人之事、独到之举。

早在新时期文学之初，兴安就是一位活跃的编辑及评论家，他曾经策划和参与了许多颇具影响的文学活动，推动了一些文学浪潮的兴起与发展。有《九十年代以来的文学事变与"60后""70后""80后"作家的写作》《新体验小说：作家重新卷入当代历史的一种方式》《怀疑主义者、"外星人"与尴尬的一代》等文章为证。一位文化学者曾在与兴安的一次对话中，称他是"文学推手"，因为他经手编辑过中国许多知名小说家的作品，并把这些作品推到应有的位置。他曾率先倡议，与白烨、陈晓明、雷达、孟繁华等评论家首次发起了"中国当代文学最新作品排行榜"，包括中短篇小说、散文、诗歌和报告文学，设置了严格的推荐程序，可说是意气风发，果然在推出后引起强烈反响，也引发了不小的争议，达到了他所希望的效果，即在文学逐渐边缘化的状态下，呼唤媒体与读者，让文学重新一步步回到公众的视野。接下来，他提出了"好看小说"的概念，并把"类型小说"的提法移植到国内。从编辑杂志的角度，他提出小说要好看，并与一批小说家达成共识，吸引作家走出书斋，融入大众与时代，主张小说无论是内容还是形式，都要具备感染力和可读性。为此，他策划了"好看小说大展"，收录了大量年轻作家的作品，从很大程度上带动了这些作家的创作，影响至今。

多年的编辑生涯，使兴安成为一个阅读量很大的评论家，而他对作家及作品的看法，超越了一般的办刊人，他不光是从刊物的需要出发，更多是站立于中国文学发展的潮头，看潮起潮落。他带着一种天生的敏感，一边广泛与作家们交朋结友，一边对他们的作品加以评说，他以他的视角提出一些专业研究者并非均能认可却充满活力的观点。他断定："60后：文学的怀疑主义者，历史废墟的拾垃圾人""70后：尴尬的一代，可望后发制人""80后：我们没有见过的'外星人'"。他在新世纪尚未到来之前就提醒传统的作家、评论家要多加注意各种类型的写作，包括网络文学，他认为"文学肯定要发生变化，这种变化不仅仅是载体和工具的变化，更是深刻的内在结构和叙事观念的变化，除非我们不再需要它"。他总是比较早地对一些新人新作发表看法，心悦诚服地为他们叫好。有一次他和安妮宝贝一起参加《南方都市报》在北京举办的传媒文学大奖，那时这位女作家的名字在文坛还不甚响亮，但兴安发现在座的大学生们在主持人介绍到她时，全都齐刷刷地站起来热烈鼓掌。吃惊不已的兴安后来认真读了她的作品，发现她确实代表了相当一大批年轻读者的审美，有着"疗伤"的作用。他将这些观点写进了文章，显示了一位相对成熟的评论家的包容和开放，以及对一拨拨文学新人的支持。或许正是如兴安以及更多人类似的努力，才使得今日文坛上增添了许多光彩夺目的星星。

兴安对各种作家的熟悉，很少有人能与之相比，他熟悉老少三辈，从某些被人们遗忘的老一代到小荷才露尖尖角的年轻人；熟悉不同类型，从所谓"纯文学"到不断流行、不断变换旗帜的各种流派；熟悉多民族，从《格萨尔》到《嘎达梅林》《冰山上的来客》；还熟悉国内外经典作家，从托尔斯泰到赫塔·米勒，熟悉与文学有关联的音乐家、美术家、书法家……只要提及，兴安都能情真意切地一一道来。他有一篇关于赫哲族作家乌·白辛的短文，让人读后难忘。赫哲族在我国属人口较少的民族，乌·白辛才华横溢，是赫哲族的优秀儿子，曾经作为新中国第一批赴青藏高原的作家，写出大型游记《从昆仑到喜马拉雅》，发现了被毁灭的古格王国，使传说中的古代文明遗址重现人间；还写出了一部史诗性的话剧《赫哲人的婚礼》，使只有语言没有文字的赫哲族口头文学"伊玛堪"得以流传。这位作家在西藏拍摄的纪录片《风雪昆仑驼铃声》获得荷兰知名导演伊文斯的盛赞，他对此的态度却是："洋人说好比不上中国戏园子里的一个满堂彩。"乌·白辛还写出了那个年代最好看的电影之一——《冰山上的来客》，但在"文革"中不堪折磨，拿着一瓶啤酒、一听罐头和一瓶"敌敌畏"，独自划船到松花江一个无名的小岛上结束了生命。兴安的文章让我们触摸到了这位赫哲人的灵魂，也引起许多反思，人们不该遗忘这一切，更应该对现有的民族文化格外珍惜，对宝贵的人才多加保护。

兴安是蒙古族，人们与他交往时，大多时候却都似乎不太想起，是因为他的民族意识已完全融入大家庭之中，是一种自在天然的状态。事实上，他对少数民族文学情有独钟，近年来十分留意多民族文学的崛起，并提出一些独到的见解，如从不同民族的写作中把握不同民族心理及独特性、母语写作及翻译的多种可能等。他还经过个人的深切体验，反复思考如何看待草原民族剧烈变化的生存状态，蒙古包在不断消失，骑马射箭成为一种记忆，大多数牧民住进了温暖的砖瓦房，开始喜欢汽车与摩托车、电视和手机，现实与想象之间已然存在着一条裂缝。草原城市化和过度开发同时带给人们无尽的忧思，如何让生活越来越好，又不损伤民族的根基，更不以破坏生态和环境为代价？兴安觉得："对这些矛盾的阐释和见证才是作家应该关注的焦点，一个民族能够立足于今天的阵痛，也是一个民族走向未来的起点。我们的作家必须真诚面对。"

兴安的文字如同他的性情，不受拘束，又让人读出温度，读出真情和思想。金代诗人元好问写的"慷慨歌谣绝不传，穹庐一曲本天然。中州万古英雄气，也到阴山敕勒川。"送与兴安倒也贴切。这些年里，兴安的工作环境多有变换，唯一不变的是性情，他对文学仍如同对初恋的情人始终不渝，虽然时有沮丧但初衷不改。他喜欢游历山川，热爱美食，如今有了微信，他会不时将所感受的美景美食拍下来，晒在手机上，让朋友们共赏。他还喜欢收藏一些不一定很值钱但颇有意趣的玩意儿，奇石、茶具、砚台和青年艺术家的作品之类，分享给大家。最近又在苦练书法和水墨画，汉文蒙古文相得益彰，一幅幅"苍狼""蒙古人"，劲道十足。尤其蒙古文的书法，墨汁饱满，像是要奔突，展现出兴安的自我及浓烈的情感，而他画的蒙古马更是得到很多人的喜爱和收藏，并被国内一些报纸杂志介绍推荐。

　　有人说，兴安人到中年，却还是一副文艺青年范儿。的确，他似乎天生就是一位与文学结缘的活动家，一个闲云野鹤、自由自在的人。他虽然兴趣多样，却从未在某个范围摆出一副不到黄河心不死的架势，他只是自由地行走和表述。而他的评论只限于文学和艺术，在生活中从不说是道非，更不加害于人，即使批评也是善意厚道的。显然，文坛因为有了他，便多了情趣；也因为有了他，便多了朋友。

这些，在他的文字里都能读到。

良马自东胡，逍遥燕山谷，

幸得无人知，朝暮秦和楚。

我不是画马的人

我不是画马的人，我是一个用笔墨、用心"养"马的人。

小时候，在呼伦贝尔，画的第一幅作品就是马群。后来到北京，一直坚持画画到十八岁，马开始逐渐消失在我的笔下，我成了一个用汉语"码字"的人。清代移居北京的蒙古族女诗人那逊兰保有一句诗："无梦到鞍马，有意工文章。"这或许就是我的写照。

过了知天命的年龄，当我发现文字已经无法完全表达我内心的时候，我重新拿起了画笔，马又回到我的生活和梦幻之中。

我收藏了几乎所有与马有关的物件，马鞍、马镫、马鞭、马嚼头，甚至还有我们蒙古人传统的驯马师专用的马汗刮，但就是没有一匹真实的马。传说，明末岭南有位画家张穆，他为了画马，养了很多名马，每天对马的神态、饮食和喜怒哀乐入微观察，他的马因此流传后世。

我不想成为一个老老实实画马的人。记得每次回到草原上，我都迫不及待地跑到马的身边，可是，当面对它的时候，它总是转过身体，弃我而去。我起初有些失望，这个时候，主人会牵过一匹马来让我观赏，可我却一点兴趣也没有了。

我喜欢这样的马——它不是用来被驯服的，它要与人类保持距离，它必须有野性，哪怕是被套上缰绳，也应该保持自己的世界。

所以，画了那么多的马，但我并不是一个画马的人，我应该是一个用笔墨，用心渴望与之建立关系的人。

蒙古包：真实的与想象的

　　三年前，我突发奇想，想重温一下住蒙古包的感觉。可家乡的朋友告诉我，现在牧民都不住蒙古包了。为了满足我的奇想，朋友特意委托一家牧民为我搭了一座蒙古包。这里方圆几十里没有人家，主人是一对年轻夫妇，女儿在旗里上学。每天清晨，丈夫赶着牲畜到远处放牧，妻子则忙完家务活后，坐在房前的台阶上，用手机发信息。草原上信号不好，为了给女儿发一条信息，她往往要发十几次才能成功。我与他们生活在一起，酒醺之后共同吟唱蒙古民歌，相互建立了很深的友情。然而，在蒙古包里过了几天"牧民不如"的生活之后，我终于耐不住草原的寂寞和清苦。临别我塞给女主人五百元钱，作为对他们热情款待的酬谢。我本以为她会拒绝，至少要推让一下，可是，她拿过钱，头也不回地跑进屋里，再也没出来。我不解，是嫌钱少还是因为我给他们钱不高兴？这个问题一直困扰着我。回到北京，我就给朋友电话。他的答案出乎我的意料：五百元在草原上不是小数目，所以她不会嫌钱少，至于你给钱他们不高兴更不可能，你以为还是几十年前的草原吗？牧民也有市场意识了。他说：夫妇俩对你的来访从心底里高兴，她不想在你面前流露半点离别的伤感。当接你的车开得很远时，两人才走出房子，久久眺望你远去的方向。

这段经历让我感触很深。离开家乡三十多年了，我对蒙古包的感觉、对牧民生活和他们心理的猜测都不过是一种想象，至少是一段遥不可及的回忆。不久前，我看过蒙古族摄影师阿音的一组有关蒙古包的照片，我对蒙古包即将在草原上绝迹感到痛心疾首。可是家乡的朋友反驳我：作为民族文化，蒙古包确实有象征意义，但是你住着宽敞舒适的现代化高楼，却让牧民永远挤在蒙古包里，你觉得公平吗？我哑口无言。

　　我开始检讨自己，同为蒙古人，我们之间的差别却像两个世界。我不能因为自己的情感和想象就要求他们永远滞留在几千年前的时空之中。人类在进步，蒙古族也需要发展。再想想我们这些在城市里养尊处优的作家们，一写到草原，就是蒙古包、蒙古袍、骑马、射箭等等，似乎文学只能在这些古老的事物上才能获取灵感。而实际上大多数牧民已经舍弃蒙古包，不穿蒙古袍了，他们更喜欢温暖的砖瓦房，喜欢汽车、摩托车，喜欢电视和手机，甚至上网。而我们一看到这些变化，便开始抱怨和叹息民族特征，甚至民族精神的遗失。我们其实根本不了解牧民的现代生活和他们真实的愿望。他们与我们在对草原和民族的定义上已然存在着一条裂缝，这条裂缝使我们对现实中的人物无法近距离地观察，以致对他们进行了不真实甚至错误的描绘。

　　当然，我并不主张草原城市化，也不希望过度开发草原上的资源。尤其对那些不可再生的资源的非理性开发，将使草原永远失去生命的绿色，蒙古人也最终丧失祖先留下的美好家园。这确实是一个矛盾，既要让生活变得越来越好，又不损伤民族精神的根基，更不以破坏土地的生态和环境为代价。我以为对这种矛盾的阐释和见证才是作家应该关注的焦点，由此类推其他民族所面临的问题，莫不如此。这其实是一个民族能够立足于今天的阵痛，也是一个民族走向未来的起点。我们的作家必须真诚面对。

迷人的杭盖，乌兰毛都草原

　　我的出生地在内蒙古兴安盟乌兰浩特，一岁时随父母到呼伦贝尔。所以，我几乎走遍了呼伦贝尔草原，却对兴安盟的草原一无所知。今年夏天，我终于来到了我神往已久的乌兰毛都草原。

　　车一开进草原，我被眼前的景象惊呆了。

　　舒缓的山峦，层叠渐去，一条蜿蜒清澈的河水穿过草原，流向远方。河边是一丛丛的红毛柳，树丛之间点缀着一头头花斑色的奶牛，有的悠闲地饮水、吃草，有的懒散地躺卧在草丛里慢慢地咀嚼回味。山坡上，像星星一样布满了雪白的羊群……这种田园牧歌的景象即使在神奇的呼伦贝尔也不易看到。这分明是草原中的草原，北方高原上的世外桃源。乌兰毛都乡的书记达胡巴雅尔告诉我，这就是传说中的杭盖。杭盖是蒙古语，即山林中的草地。内蒙古的草原一般分为三种地貌，典型草原、荒漠草原和杭盖草原。呼伦贝尔和锡林郭勒的大部分地区属于典型草原，也叫平草原；鄂尔多斯、阿拉善等内蒙古西部则属于荒漠草原，或叫戈壁草原。乌兰毛都则是典型的杭盖草原。所以，森林、河流、草原和丘陵是杭盖草原必备的四个特征。听到这里，我忽然想起了我的朋友、蒙古族歌手布仁巴雅尔唱的那首《迷人的杭盖》：

> 北方茂密的大森林，
> 养育着富足和安详，
> 露水升空造云彩，
> 生机勃勃的杭盖。
> 蔚蓝色的杭盖，
> 多么圣洁的地方，
> 满山野果随你采，

只求不要改变我的杭盖。

　　多年来，我一直在琢磨杭盖这个词的含义，今天才终于真正理解，原来它包含着如此迷人的境界。

　　乌兰毛都草原处在大兴安岭向科尔沁草原和松嫩平原的过渡带上，紧邻阿尔山和蒙古国的东方省，是著名的科尔沁草原的一部分。乌兰毛都是蒙古语，翻译成汉语就是"红树"，因盛产红毛柳而得名。据说红毛柳一般都长在有水源的地方，树干高大笔直，远看如白桦树，叶子会随着秋天的临近而由翠绿变成枯黄，之后便随风坠落，但是它的枝条却永远保持着红色，远远望去，一丛丛，一片片，如火焰，似彩霞，给静静的乌兰毛都草原增添了火热的激情，也形成了别处草原所没有的独特景观。

　　历史上，这里是成吉思汗的幼弟铁木哥·斡赤斤的领地。铁木哥·斡赤斤比成吉思汗小六岁，在蒙古帝国建立的过程中，作为左领军，他发挥了巨大的作用。蒙古帝国建立后，成吉思汗将以大兴安岭为分界线，岭西以海拉尔河、哈拉哈河流域为中心，岭东以洮儿河、嫩江流域为中心的最大面积的土地分封给了他。并让他掌管蒙古大本营的中央"兀鲁思"。成吉思汗带兵出征时，铁木哥·斡赤斤则留守漠北的蒙古大本营，以"监国"身份处理国政。在"监国"期间，他果断地铲除了向成吉思汗发起挑战的通天巫阔阔出，深得成吉思汗和母亲诃额仑的信任和宠爱。《史集》记载："成吉思汗爱他胜过其余诸弟，让他坐在诸兄之上。"后来，他和他的后人塔察儿又拥立窝阔台、蒙哥和忽必烈登上皇位，巩固了蒙古帝国，成为蒙古民族延续和发展的重要阶段。

回想历史，再看看眼前如仙境般的现实，让我真切地感受到风水宝地这个词。

如今，乌兰毛都是科尔沁右翼前旗的一个乡，蒙古语叫苏木，总面积2408平方公里，总人口4500多人。让我惊讶的是4500多人当中竟有98%是蒙古族，这个比例在全内蒙古自治区也是最高的。所以，走进乌兰毛都乡的所在地，在街头，在人们之间的谈话中，你几乎听不到一句汉语。所不同的是这里的蒙古语夹杂着一些汉语的名词，让我这个在北京生活了将近40年的蒙古人几乎可以听得懂。这种现象确实值得研究。近代以来，蒙古民族与汉族经过长期的交流和融合，形成了这种特殊的蒙汉杂糅的语言环境。有人说这种变化是对蒙古语言的侵蚀和同化，我过去也认可这种观点，但是当我实地考察后发现，这其实是社会历史发展进程中，在语言自身的流变过程中，一种语言对另一种语言主动借用或挪用。语言学告诉我们，语言具有身份认同的功用，"是其使用者的象征。不同的语言决定了不同的认识世界的方式。它浓缩了其民族的法则、传统和信仰。"[①]，但同时，它也具有交际的功能，是人类相互交流的工具，这就促使语言向便于使用和沟通的方向演变。我当然尊重和热爱纯正的蒙古语，我也不止一次表达过我亲耳聆听蒙古语朗诵诗歌时的感动，我还知道这种现象的形成有其复杂的原因，但是我们只能面对这种变化和存在。况且我发现，这种对汉语的借用或挪用多数是针对名词，且多是一些外来的现代词汇，比如电视、冰箱、手机、微信等等，而主语、动词、句式乃至音调依然是蒙古语言所特有的。我还注意到，这种借用大都只限于口语，

---

① 见《语言兴衰论》，罗伯特·迪克森著，北京大学出版社2010年4月版。

在书面语中，尤其是在诗歌语言中，依然保持着传统蒙古语的纯粹性。

就是这样的充满争议的语言，成了不仅在乌兰毛都，而且在兴安盟大部分地区蒙古族彼此交流的生活语言。由此，我想到了在乌兰浩特机场的一次有趣经历。我准备乘机回北京前，想买点儿家乡的土特产，我试着用不标准的蒙古语问了下价格，两个售货员竟然都用蒙古语回答了我，让我非常意外。这个被认为汉化程度较高的地区之一，蒙古语的普及率甚至高于呼伦贝尔、鄂尔多斯。说真的，我常常回呼伦贝尔，我在海拉尔，甚至在下面的牧业旗里都较少听到人们用蒙古语对话交流。作为一个从小就开始远离母语却对母语充满渴望和自豪的蒙古人，我真希望多听到蒙古语，哪怕是这种有争议的不规范的蒙古语。

当天，接待我们的乡宣传部门负责人斯琴女士带着我们来到草原深处的一户牧民家。一家人三代同堂住在一幢红顶白墙的砖房里，房檐和房门两边雕着传统的蒙古族民间吉祥图案。院子里停着一辆轿车、两辆摩托车和两台打草机。院中央放着两个长长的水槽，几只羊将头伸进槽里饮水，见我们来了，不约而同地抬起头来，用陌生的眼光打量着我们。三只牧羊犬在远处的草丛中警惕地站起来，望向我们。

　　家里的壮劳力都出去放羊和打草了，只剩下老人和小孙子。走进老人的房间，我被迎面墙上挂着的一幅蒙古文书法吸引。斯琴告诉我，这是老人的作品，翻译过来就是"宽阔的草原"。我惊奇地转过头，看着盘腿坐在炕上的老人。老人今年六十四岁，由于有严重的哮喘病，显得非常消瘦，但眼睛却炯炯有神。三年前，只有小学文化程度的他，开始练习书法。笔墨和宣纸是他托人从城里买的，没有砚台就用碗代替。经过三年多的刻苦练习，他的字竟然参加了旗里的书法比赛，并获得了三等奖，成了当地名副其实的牧民书法家。我上初中一年级的时候在海拉尔一中曾经学过一年蒙古文，所以我对蒙古文的书法情有独钟，我还收藏了两幅名家的蒙古文书法作品。两年前，我开始自学蒙古文书法。蒙古文虽是拼音文字，但是又有象形文字的特征，笔画结构特别适合用毛笔书写。据说，蒙古文书法已经有近八百年的历史，近几十年发展尤其迅速，出现不少书法大家，比如我的朋友、内蒙古书法家协会副主席艺如乐图就是一位蒙汉兼通的书法家。我看着挂在墙上用卷轴装裱的老人的作品，尽管装裱得相当粗糙，但是字写得有分量、有个性，落款的下方还规规矩矩地印着红色的名章。我没有想到在如此偏远的草原上，竟然还有人这么热爱蒙古文书法，默默地担负着蒙古语言文化的传承和延续。

应我的请求，老人起身为我们写了一幅字"团结就是力量"。在老人写字的过程中，小孙子一直伏在桌上，用两只小手替爷爷做着镇纸，眼睛一直盯着爷爷手中的毛笔，眼神和眉毛不时地随着爷爷的笔触一紧一松，似乎是在为爷爷加油鼓劲，让我陡然产生一种感动。

荷兰社会学家艾布拉姆·德·斯旺在《世界上的语言：全球语言系统》一书中说："要使一种语言存活下去，就得有相当多的人继续使用它，甚至还要保持原有的生活方式，抵御日新月异的社会和语言环境的入侵。"我在前面说到，乌兰毛都乃至兴安盟的大部分的蒙古族人在说一种有争议的蒙古语，他们多数人已经失去了蒙古族原有的游牧生活方式，转为农业或半农半牧的生活状态，但是他们至今依然坚持以蒙古语言和文字作为主要的交流工具，这是世界语言史上的一个奇迹。所以，面对非议，他们不必感到尴尬，也没有理由觉得羞愧。我认为，它总比某些"公开表示坚守集体传统，私下却轻视自己所继承的语言和文化遗产，尽量让子女学好优势语言以谋求更好前程"①的人强得多。写到这里，我要忏悔在我少年时期里仅有的一段学习蒙古语的时间里，没有认真地学习和掌握蒙古语。

告别了老人，我们来到一个叫乌温都日乌乐美的牧场。牧场的主人叫乌云达莱，是一个年轻的牧民，他开了一个旅游点，专门供来往的客人品尝正宗的蒙古族餐饮。我其实一直对旅游点不太以为然，觉得它破坏了草原的天然景观。记得呼伦贝尔的鄂温克旗有一个叫巴音呼硕的地方，是当年电影《草原上的人们》的拍摄地，《敖包相会》这首歌就是这部电影的插曲。这里水草丰美，蓝天白云，是呼伦贝尔最美的牧场之一，也是我对草原最初的记忆。1976年7月，父亲与我，还有弟弟在

---

① 见《世界上的语言：全球语言系统》第67页。

离开呼伦贝尔迁往北京之前，曾在这里留下了一张珍贵的照片。三十年后的2006年，也是7月，我们三人又来到这里，准备再拍一张合影，可是就在我们曾经拍照的地方，已经筑起了一座巨大的钢筋水泥的蒙古包，周围停满了各种旅游来的车辆，远处，成群的马被系上缰绳，载着游客，无精打采地行走。这种景象完全打碎了我童年对草原的美好的印记。

好在乌云达莱的旅游点是建在路边，看着更像是一个普通的牧业点。坐在宽敞的蒙古包里，我一边喝着奶茶，一边倾听着主人乌云达莱开发旅游点的经历。起初他并没有计划经营旅游点，只是因为每天挤的牛奶特别多，剩余的部分就用传统工艺做一些奶干、奶豆腐、奶皮子之类的食品，送给附近的乡亲品尝。渐渐地就有了开一家奶制品小店的念头。没想到小店开张后，来买奶制品的人越来越多，有的客人还要求吃现场宰杀的新鲜的羊肉。乌云达莱就和家人一起，搭起几座蒙古包，办好了食品卫生合格证，开始正式对外营业。旅游点开张后，乡里的、旗里的，还有乌兰浩特市里的客人都纷纷来这里就餐，人多的时候要提前电话预订。不到一年的时间，他的旅游点就收回了成本，而且还有所赢利。但是，乌云达莱并没有满足于眼前的成绩，他希望通过旅游点，进一步扩展服务项目，在保护草场、保持草原生态的前提下，让旅游者在领略草原风光，品尝特色美食的同时，多了解一些蒙古族古老的文化、民俗和日常的生活。比如深入牧户家里，感受牧民的游牧生活，挤牛奶、接羊羔、剪羊毛、学习手工制作奶制品等等，甚至还可以学习蒙古语，学习长调和呼麦。

我为乌云达莱的计划感到惊喜，也为他的远见和精神所折服。我们知道，旅游点是近二十年在内蒙古草原兴起的旅游加餐饮的服务项目，这种方式无疑吸引也方便了外来游客对草原文化的了解，同时也为当地的牧民增加了经济收入。但是这种方式毕竟是浮光掠影、走马观花，它甚至在某种程度上遮蔽或者扭曲了蒙古族文化最精彩、最具特色的部分：一群人坐着汽车来到旅游点，吃手把肉、喝奶茶，然后骑上被人牵着的马在草地上遛一圈，或者穿上戏服似的蒙古袍照几张相。这种旅游节目在北京的延庆、河北的坝上都可以做到，却无法真正体现蒙古族文化和草原文明的实质。

由此，我想起呼伦贝尔新巴尔虎右旗的几位80后蒙古族青年，他们从2015年开始自发地组织"湖上草原"生态假期活动。他们怀揣着将草原自然生态完整地展示在世人面前的梦想，尝试以环保的理念，将自然考察、民俗体验、文化交流结合在一起的旅游形式，邀请国内乃至世界各地的热爱自然、热爱环保的朋友共同参与，力图将真正的草原之美和蒙古族的人文之美传达给世人。

八百多年前，成吉思汗的幼弟铁木哥·斡赤斤留守在这片风水宝地，掌管并继承着祖先的财富和领地。今天，在乌云达莱，还有那几位80后的蒙古族青年的身上，我看到新一代蒙古人对家乡的热爱，对蒙古族文化与传统的自信心和责任感。还有那个我忘了名字却让我非常尊敬的牧民书法家，在蒙古文字走向"边缘"，可能面临着消亡的危机中，默默地守护着自己民族的语言和符号。

临别时，乌云达莱的一句话让我感慨，让我深思，也表达了我对家乡的一个愿望："我希望长生天保佑我们，像我们的祖先那样自由自在地生活在这片土地上，永远不要改变。"正如《迷人的杭盖》中唱的一样：

蔚蓝色的杭盖，
多么圣洁的地方，
满山野果随你采，
只求不要改变我的杭盖。

风鬣霜蹄马王出

2015年夏天，在内蒙古莱德马业繁殖基地的母马放养草场，我看到一群特殊的马点缀在绿色的草原之中。它们的颜色令我大开眼界：黑、白、枣红、黄骠、铁青……远远望去，五颜六色，神态各异。莱德马业的负责人朱方清告诉我，这里除蒙古马之外，还有英国的纯血马、阿拉伯马以及荷兰的混血马等。

这两年我开始专事画马，所以从不放过任何观察马的机会。我端着相机走近马群，想拍摄一些马的照片资料。马是最通人性的牲畜之一，如果你是它的主人或者朋友，它会对你百依百顺，任你骑驾，但如果你是陌生人，还想逞能，它就会想方设法给你难堪。记得有一年在东乌珠穆沁旗，一个北京女汉子，第一次到草原，见到牧民的一匹马就跨了上去。只见那匹马不是蹭着墙跑就是钻晾衣绳，生生把她拉下了马。所以，当我靠近马群的时候，总是小心翼翼，生怕打搅它们的自在和安宁。即使这样，敏感的马们还是不约而同地抬起头，警觉地看我一眼，然后转过身去，将马屁股朝向我，继续低头吃草。我知道，马最厉害的武器就是后蹄，只要你靠近它不足一米，它便会毫不客气地尥你一蹶子。

在马群的边缘有几匹褐色斑点的长鬃马，花色很像美国的阿帕卢萨马。它们遗群特立，相依为伴。几匹马见我靠近，一边快步离开，一边扭过头用眼睛瞪着我，那双隐藏在蓬乱长鬃之间的眼神生野而冷漠。朱方清说这是几匹还未被驯服的野生马，是从蒙古国引进的。我自言自语道："就是野马吧？"朱方清立刻纠正我道："不对，野马和野生马不是一个概念。真正的野马早已绝迹，而野生马的祖先很可能曾经也是家养的，只是后来因为各种原因重新野化。所以，不应该把它们称为野马。即使是被我们认为的真正的野马，比如普氏野马①，也都是经过人工繁育后，放归到自然环境中的。我国最大的野生马保护区新疆的卡拉麦里，大约有五百匹这种马。野生马的习性非常接近野马，尤其是公马极具攻击性，它为了保护自己的母马和马驹，甚至会与几公里外的其他公马对峙，前蹄猛踏地面，扬头嘶鸣，如果对方不撤退，它会冲上前去撕咬入侵者，以致发生流血事件。"

我望着远远的几匹野生马，不禁倒吸了口气。

他笑着说："野生的母马要比公马温和得多，再说，你这个蒙古人还会怕马？你画了那么多马，应该很了解马的习性呀。"

我尴尬地说："我这个北京的蒙古人说实在话其实是叶公好龙，纸上谈兵。我从小就喜欢马，十二岁开始画画，画的第一幅画就是马群，参加了省级的少年美术作品展。如果把我画的马全加起来，完全可以组建一个上千匹的马群。"

我出生于兴安盟的乌兰浩特，我的名字就是由此而

___

① 以俄国19世纪自然学家普尔热瓦尔斯基的名字命名，又称蒙古野马，蒙古语叫 Takhi。

来，一岁时举家迁往呼伦贝尔。20世纪70年代，由于父亲调动工作，又随父母来到北京。这些年我收藏有马鞍、马辔头、马鞭子，还有蒙古族驯马师专用的马汗刮，就差养一匹真正的蒙古马了。明末清初，广东有位专门画马的画家张穆，他养了很多名马，每天对马的神态、结构、动作细微观察，所以，他画的马棱角分明、健硕雄壮、沉稳静穆。2002年，我回到呼伦贝尔，当时一匹马的价格只有三百五十元，这么低廉的价格让我瞠目。原来牧民放牧或者赶路都骑摩托、开汽车了，马便被冷落了。那时候，买一匹马相当于在北京几个人吃一顿饭的价钱。我真为马的命运感到悲哀，它曾经在人类历史上与我们相依为伴，叱咤风云，而今却沦落到这种境地。现代以来，随着工业机械的广泛使用，生产力的发展，马的传统的驮运和交通功用逐渐被汽车取代，马的作用越来越小。再有就是养马和放马很费草场，养一匹马相当于养七只羊的费用，所以，现在连牧民也不愿意养马了。

曾经有人问过我，你们蒙古人骑马的越来越少了，还叫马背民族吗？我不知怎么回答。说来惭愧，我竟然不会骑马。

　　如果回过头看看马的历史，我们会发现西方国家也经历过这种尴尬，认为马没有用了，大量地屠宰。后来他们开始意识到人类需要保存马的种群以承认和纪念它们的祖先为人类所做的贡献。因此，在欧洲、美洲，繁殖和培育马才开始复兴，一些古老的马的品种又开始被人们重新认识和研究。专家们选择性地培育各种马匹，以适应当代社会的不同层面的需求，比如有适合竞赛的，有适合马术的，也有适合娱乐和旅游的等等。意大利研究马的专家费班尼斯说："既然我们已经不再需要马来确保我们的日常生存需要，那我们就去爱它们，了解它们。"

　　就像我们人类的祖先是从远古非洲走出来的一样，马的祖先来自五千五百万年前的美洲，这种"始祖马"又经过数百万年的进化，才变成今天我们熟悉的模样。而马开始被人类驯化大约是公元前4000年以后。自人类驯养马开始，马就影响并改变着人类的生活方式和社会的发展，战争、交通、运输、耕种、狩猎和娱乐等几乎都与马有关。据专家统计，全世界大约有三百五十种马，而这些马中，唯有阿拉伯马对全世界马的品种培育影响最大，其次是遗传基因很强的北非柏布马以及西班牙马。直到17世纪以后，世界上才有了第一匹纯血马，这就是著名的英国纯血马。纯血马的繁育得益于对"东方马"或阿拉伯马的引进，通过与当地马交融而产生。纯血马以中短距离速力快称霸世界，创造和保持着五千米以内各种距离速力比赛的世界纪录。更为重要的是，纯血马的品种遗传稳定，适应性广，种用价值高，是世界公认的最优秀的骑乘马品种，对改良其他品种的马，提高速力非常有效。据说，为了保存血统的纯粹性，每一匹纯血马都有自己严格的血统登记簿，将其谱系登记注册，系统化监管，这种谱系制度，恐怕要比中国人的家族谱还要严格讲究。

饲养员将几种最名贵的马牵出来让我们欣赏。我近距离地看到了过去只在电视和电影上看到过的纯血马和阿拉伯马。第一个出场的是乳白色的阿拉伯马。俊美的身体、细长的四肢、健壮的胸部。它的头部和五官非常有特点，高贵的凹形轮廓，两眼之间的距离较远，吻部小如锥形，最让人惊叹的是它的鬃毛和尾巴，精细如丝，光彩熠熠。阿拉伯马被认为是世界所有马品种的起源，也是世界上最漂亮的马之一。这种马有着超常的耐力，在奔跑时，身体仿佛悬浮在空中，是长距离训练和耐力训练的首选马匹。看着这匹漂亮的马，我想起美国一部电影《沙漠骑兵》（Hidalgo），故事就是以三千英里耐力赛马为背景。几个世纪里，这项比赛一直由阿拉伯马统治，终于有一位美国的西部牛仔，经过千辛万苦，战胜了所有的阿拉伯马，获得了冠军。我无法确认这个故事的真实性，它或许只是美国梦的一种虚设和想象，或者仅仅是一次绝无仅有的奇迹，但是这部电影给我印象最深的还是阿拉伯马。

在这里我还看到了世界上最矮的马，美洲矮种马，繁育基地的工作人员都亲切地称它们为"迷你马"。它们身高不过八十厘米，小巧玲珑，憨态可掬。它们的个头类似于小马驹，但是又不像马驹那样腿长身小，它们身体的各个部分都非常匀称，就像成年马的微缩。矮种马大多是给儿童玩耍和骑乘的，有的也可以作为宠物或导盲之用。据说河南焦作有一个小女孩儿，养了一匹只有五十厘米高的矮种马，成了当地的一个新闻。

终于，今天的男主角"蒙古可汗"登场了。没有亨德尔的《希巴女王驾临》的序曲，也没有渡边宙明的《别れ》的前奏，但是它的出场却充满霸气，让周围的一切黯然失色。它是高贵的黑色与棕色的融合，它高昂着头，款款而来，目空一切，足有君临天下的威严和荣耀。它健硕的胸部和臀部的肌肉，随着自信的步伐像韵律一样起伏抖动，而它的毛色更近乎完美，光润、细腻、如绸缎般柔滑。

就是这匹"蒙古可汗"，在2015年2月28日新西兰奥克兰举办的"奥克兰杯"新西兰德比大赛中，一马当先，斩获冠军头衔。这是中国"独家马主"第一次参加国际赛马联合会的一级赛事，也是中国马主第一次在一级赛中夺冠。领奖台上，五星红旗高高飘扬。这也是中国赛马历史上最好的战绩。不仅如此，一个多月后，"蒙古可汗"又在澳大利亚悉尼兰德威克赛马场两千四百米的比赛中，力挫群雄，以四分之三马身的优势，夺得冠军，成为名副其实的南半球"双冠王"。

"蒙古可汗"并不是蒙古马，它是出生在澳大利亚的纯血马，家族谱系中有着辉煌的战绩，父系是爱尔兰古摩牧场的"罗马大帝",其同父哥哥则是2014年香港马王"威尔顿"。我有些好奇地问:"为什么叫它'蒙古可汗'呢?"负责人回答道:"这要归功于我们的董事长郎林先生。"

时间回到2005年,作为曾经的马背民族——满族的后代郎林先生从吉林来到科尔沁右翼中旗。他看着这片美丽的草原,却深感昔日辉煌的马背文化的衰落。在这个全国蒙古族人口比例最高的旗(蒙古族占百分之八十五),蒙古马的数量在迅速下降,面临着种群的萎缩和退化的困境。其实不仅科尔沁草原,整个内蒙古自治区马匹的存栏量也由新中国成立初期的七百多万匹,下降到现在的五十多万匹,而其中的蒙古马已经不足十万匹。郎林善于骑马,喜欢马术,也非常倾慕草原文化,但他也是商人。他考察过西方几个繁殖名马的国家,他发现美国的马产业规模非常惊人,高达三百六十亿美元,英国则有六十亿美元,而中国的马产业规模竟然不到十亿美元。这种悬殊的落差,让他看到了巨大的商机,也让他找到了发展内蒙古乃至中国马产业,振兴马背文化的前景。

2006年，内蒙古莱德马业正式成立。成立之初，郎林便确立了全产业链布局、集团化发展的战略，从马匹进口贸易，到养殖繁育，饲草料种植和加工，牲畜贸易，乃至下游的赛马与俱乐部管理等。但是，所有这些链条当中，拥有优良的马的品种是最重要的环节，而衡量优良马品种的重要标准就是参加比赛并获得好成绩。所以，寻找最优良的马种是首要的一个任务。

2013年11月20日，郎林参加新西兰两岁马拍卖会，被一匹马优良的血统、速度、耐力以及流畅的展步、伶俐的动作所深深吸引。经过对血统和形体的反复研究和对比，经过拍卖会激烈的竞投，最终以一百一十万元人民币将它收入麾下。就在这匹马运回国内的当天，郎林便为它起好了"蒙古可汗"的名字。他说："科尔沁右翼中旗素有'马王之乡'的美誉，是内蒙古大草原的腹地，'可汗'则代表了我们对它登上世界马王的期待。"如今，"蒙古可汗"的身价已经飙升到五千万元人民币，而它从参加比赛以来，仅仅半年的时间，所获得的奖金已经超过一千万元人民币。由此，它也具备了参加澳大利亚"墨尔本杯"、香港马王杯，甚至

"迪拜杯"等更高级别比赛的资格和潜力，向世界马王的目标挺进。

浏览了这么多的世界名马，我的关注点又回到了蒙古马的身上。多少年来，蒙古马象征和承载着蒙古民族的文化、历史和情感的积淀。13世纪初，成吉思汗创建了一支由蒙古马组成的骑兵军团，所向披靡，统一了亚洲北部众多的游牧部落，建立了一个包括亚洲中部、欧洲东部的史无前例的强悍帝国。而在蒙古族的生活中，马是五畜之首，排列顺序是马、牛、山羊、绵羊、骆驼，马占据了相当重要的地位。内蒙古农业大学教授、中国马业协会秘书长芒来先生曾说："日常生活中，马是最跟蒙古族息息相关的，从某种意义上说，马已经成为蒙古族人的家庭成员之一，它是不会说话的朋友。"作为蒙古人，我喜欢画马，我几乎浏览了世界上所有的马的形态，但我还是喜欢蒙古马，它独特的身形，有力的四肢，宽阔的头颅，温和而不乏野性的眼神尤其让我着迷。可为什么在速度和耐力比赛的世界赛场，称霸的都是纯血马和阿拉伯马呢？

朱方清思索了片刻，告诉我："就像田径赛场上黄种人和黑种人的差异一样，一百米短跑肯定是黑种人的天下，这是基因决定的，后天无论如何高强度地训练都很难改变。因此，黄种人只能在跨栏、马拉松或者竞走项目上寻求突破。说到马，这种悬殊更大，比如将纯血马用于速力比赛，将温血马用于马术、障碍、盛装舞步等比赛项目等等。当然，蒙古马也有其他马种所没有的优势。比如耐寒，蒙古马没有纯血马那么娇气，甚至冬天也不用圈养。其次是耐力强，比如三十公里的比赛，蒙古马是非常厉害的。即使一百公里的赛程，蒙古马也可以一口气跑下来。这么长的距离，其他马是很难不出现肺出血的现象的。所以，蒙古马作为一种独特的种群，必须保存下来。这也是我们的目标之一。"

截至2014年，莱德马业每年自主繁育的马匹已经超过二百匹，其中就有经过改良和科学培育的最优秀的蒙古马，还有精选国外进口的纯血马与国内东北地区西伯利亚种源的冷血马杂交而成的半血马，以及自主培育繁殖的纯血马和温血马等。新赛马场将在2016年6月的第一个周六迎来第一场赛事，这将是国内唯一同时拥有沙地和草地两条赛道的大型赛马场，也是国内标准和档次最高的赛马场。正式投入使用后，这里将每周举办一场赛马，这不光吸引国内的赛马爱好者参与，还争取举办世界级的速度赛马大赛。令我感到高兴的是，莱德马业自进驻科尔沁右翼中旗以来，已经连续五年承办了"全国中国马速度大赛"，这项赛事是富有蒙古族传统马文化特色的群众性体育健身活动，其中的八千米蒙古马组的比赛，让蒙古马得以展示耐力的优势，让我看到了蒙古马可喜的未来。

广阔的科尔沁大草原，为莱德马业提供了一个广阔的舞台，"马王之乡"的美名将会在中国马业史上谱写新的传奇。

仰望《蒙古秘史》博物馆

鄂尔多斯，圣祖成吉思汗的长眠之地。我来过这里多次，每次都有不同的感受。最早一次是20世纪80年代中期，我作为《北京文学》的年轻编辑来这里组稿，结识了阿云嘎、肖亦农、乌力吉布林、张秉毅、高福厅（高福厅在2018年已经过世，年纪刚过五十）等几位蒙古族和汉族的作家。那个年代的鄂尔多斯，煤还没有大规模地开采，也没有现在已经闻名世界的康巴什新城，人们的生活水平普遍还没有现在这么高。记得作家张秉毅请我到家里吃饭，煮的莜面还是从别人家借来的，做熟了吃进嘴里，竟然掺杂着沙子，无法下咽，让我记忆犹新。后来又去过几次，但几乎都仅限在伊金霍洛和东胜，没有进入真正的牧区。所以，我对鄂尔多斯的了解是有限的，也是片面的，感觉她得益于圣祖的特别关照，一夜之间暴富，街上豪车遍布，赚钱和花钱都如流水。直到2017年夏天，我在鄂尔多斯参加《草原》文学杂志的笔会，让我彻底改变了印象。我去了鄂托克，一个处于荒漠草原之间的现代化小城，参观了《蒙古秘史》博物馆。

我们知道，《蒙古秘史》是蒙古族最早有文字记载的史籍，记述了蒙古族的起源以及成吉思汗先祖的谱系和他一生的辉煌业绩，同时也记载了成吉思汗之子元太宗窝阔台汗统治时代的历史。《蒙古秘史》还是蒙古民族传统与文化延续至今的重要载体，1989年被联合国教科文组织列入世界名著。

我敬佩博物馆设计和建造者的用心和眼光，尤其对其中的蒙古文书法和绘画作品充满了好奇。馆内收藏了双面皮雕《蒙古秘史》、汉白玉石刻《蒙古秘史》、红木书型雕刻《成吉思汗箴言》、丝绸绣《蒙古秘史》、金盘檀木摆件《成吉思汗箴言》、陶瓷摆件《蒙古秘史》书法、横幅挂件《黄金长卷圣主颂》、银箔檀木摆件《蒙古秘史》、红木雕折板《元朝秘史》等等，还有刻在骆驼腿骨上的蒙古文字，上下镶包着银制的雕花和吉祥纹，华贵而不失纯朴，洋溢着浓郁的蒙古族游牧文明的气息。这里还收集了蒙古国当代艺术家的50幅细密画，分别展现了《蒙古秘史》中的50个经典场景。展馆分为序厅、中央可汗厅、右一曲雕厅、右二书海厅、左一纳忽厅、左二斡难厅以及伊金广场等19个展区，是迄今为止世界上第一家也是唯一以收藏、展示、研究、阅读、宣传《蒙古秘史》为主旨的博物馆。

我最早读《蒙古秘史》是在上大学一年级的时候，听父亲说《蒙古秘史》是一本奇书，它是用汉字拟音拼写的蒙古文，所谓"纽切其字，谐其声音"①，即依据蒙古语的发音，用汉字的形式记录下来的书，所以这本书就真的成了一部奇书——不仅不懂汉语的人看不懂，懂汉语却不会蒙古语的人也是读着云里雾里。我读的是道润梯步的汉译本，内蒙古人民出版社1978年版。因

① 见《华夷译语》，由明代火原洁、马沙亦黑编纂的一部蒙汉对译的辞书。

是文言文，且有大量的注释，尤其里面的蒙古人名多是古代的旧译法，阅读起来比较拗口，但我依然花了一个暑假把这本书读完了，并且记了几十页的笔记。我自小长在呼伦贝尔，距离祖先的发祥地斡难河（现为鄂嫩河）只有200多公里，却对蒙古族的历史知之甚少。《蒙古秘史》终于为我打开了认识和了解自己民族的窗口，并引发了我对身份与族属问题的思考，同时，也为自己身为蒙古族的一员而产生了强烈的自豪感。我还惊奇地发现，小时候听奶奶讲的"阿阑豁阿五箭训子"的故事正是出自《蒙古秘史》。阿阑豁阿是成吉思汗的世祖母，也是蒙古族历史上著名的"三贤圣母"之首。书里这样记载：她将五支箭分给五个儿子，让他们折，很容易就折断了。她又把五支箭合起来让他们折，结果谁也折不断。阿阑豁阿告诉他们："汝等五子，皆出我一腹，脱如适之五箭，各自为一，谁亦易折如一箭乎！如彼束之箭，同一友和，谁易其如汝等何！"意思是说：你们五个儿子都是从我肚皮里生出来的，如果一个一个地分散开，就像一支箭会被任何人所击败；如果你们能同心协力，那就像合起来的箭一样坚固，所向无敌。这是一个关于兄弟之间团结互助的训诫寓言，同时也是一个国家，一个民族团结一致，携手共进生存并发展的保障。

《蒙古秘史》还是一部优秀的史诗性的文学作品，书中的韵文部分多达一千八百多行，包括民歌、谚语和诗篇等等，而"成吉思汗箴言"就有近百条。那些精彩的诗句、富有哲理的格言，是古代蒙古族历史与文化、生活与智慧的结晶。苏联蒙古史学家符拉基米尔佐夫在《蒙古社会制度史》中写道："如果可以说在中世纪没有一个民族像蒙古那样吸引史学家们的注意，那么也应该记着任何一个游牧民族没有保留下像《蒙古秘史》一书那样具体表现了真正生活的纪念作品。"一般认为，蒙古族古典文学有三大高峰，即《江格尔》《格斯尔》和《蒙古秘史》。前两个是以口头文学的形式流传下来，到了明清两代才真正成书，有了手抄本和刻印本。而《蒙古秘史》早在1240年就已成书，那时元朝还没有建立，并且它是以汉文的形式撰写成书的，因为最早用蒙古文写的原本已经失传，至今也没有找到。对此，曾经翻译过《蒙古秘史》的蒙古国作家策·达木丁苏荣就说过："（古代）由于我们游牧的蒙古人没有收藏东西的房子和器具，又经过多次的战争，所以书籍容易散失。"①由此也证明，经过近800年历史变迁、战火和颠簸，《蒙古秘史》依然能够完整地保存和流传下来，被我们现代人阅读，该是件多么了不起的事啊。我又联想到了《蒙古秘史》博物馆的建立，这个完全由当地地方政府和专家合作创意建设的以《蒙古秘史》为主题的博物馆，绝对是一件功德无量的好事。经过鄂托克旗文联主席敖云达来先生的引荐，我联系上了内蒙古蒙古文书法协会副主席、鄂托克旗政协副主席、著名蒙古族书法家包金山先生，他作为蒙古文书法国家级非物质文化遗产传承人，也是《蒙古秘史》博物馆的创建者之一，他亲自负责这一重要项目的创意、设计和建设，并亲自为博物馆书写、制作和捐献了十三种形式的关于《蒙古秘史》的书法艺术作品，使这座被誉为"游牧文化的经典，世界名族的范例"的历史性建筑，矗立于美丽雄浑的鄂尔多斯高原上。

　　包金山是一个传奇性的人物。我两次到博物馆都没

---

① 见《蒙古秘史·导言》，青海人民出版社2014年1月版。

有见上他一面。第二次是2018年秋天，我参加《民族文学》翻译创作班的活动，专门向工作人员打听他的行踪，竟然没有人知道。后来我才渐渐了解，如果写《蒙古秘史》博物馆，他肯定是一个绕不开的关键人物。我们知道，蒙古文书法作为蒙古族传统的文字艺术形式已经有七八百年的历史，近几年蒙古文书法更是风生水起，影响广泛，有大量的人开始学习和从事蒙古文书法的创作。而包金山从《蒙古秘史》入手，一边考证和研究，一边书写并宣扬《蒙古秘史》，使他在内蒙古乃至中国书法界具有特殊的影响力。2010年5月，他创作的《蒙古秘史》一百四十八米书法巨幅长卷，经内蒙古自治区党委和政府的广泛挑选，确定为赠送给上海世博会的唯一礼品。2010年9月，他在蒙古国举行的纪念《蒙古秘史》七百七十周年国际学术研讨会上，展出了他创作的《蒙古秘史》书法作品，引起轰动。为此他获得了蒙古国首次授予外国人的"最高文化勋章"。

当我问起他，为什么会创建《蒙古秘史》博物馆的时候，他的回答让我感慨并且感动："鄂尔多斯因为圣祖成吉思汗的庇护，幸运地变成了世界上最富有的地方之一。有钱了我们该怎么办？盖商厦，盖别墅，搞娱乐设施？当然可以，但是我们不能忘了圣祖赐予我们的恩典，更不能丢弃老祖宗为我们创下的辉煌的历史和文化。这是我们每一个蒙古人的责任，也是我从青年时代就有的心愿。——因为《蒙古秘史》已经不仅是我们蒙古族的历史文化瑰宝，它也是中华民族乃至世界文明的伟大遗产。我们必须保护它。"

写到这里，我想起第一次来《蒙古秘史》博物馆的时候，参观完毕，来自山西的著名作家、书画家王祥夫现场即兴写了一副联："天之骄子谁说只识弯弓射大雕，马背子孙今犹豪气干云冲牛斗。"真诚地表达了他对我们蒙古族祖先成吉思汗的敬意和赞颂。我也深受祥夫兄的感染，现场画了一匹仰望远方的蒙古马，我希望这匹马能够挂在博物馆内，代表我——一个远在京城的蒙古人，静静地守候在这个传承着蒙古民族恢宏而不凡的历史并孕育着未来与希望的所在。

相扶世运顺乎天

——雁门萨氏考记

福州确实是个名人荟萃的地方。如果你走进三坊七巷或者朱紫坊，就如同走进了名人故居的博物馆，一户连着一户，一家挨着一家，如果再提起曾经主人的名字，你会不住地惊叹，然后是肃然起敬。来到朱紫坊，我被一处明清时期的古宅所吸引，它应该是这条巷子里最豪华的一个院落。院临街有6扇大门，两侧为高耸的马头墙，东墙头塑有一狮子，西墙头塑有一如意。主门的两边是一副楹联："雁门垂世泽，榕峤振家声"。横批："本固枝荣"。左右门面上各贴着两个大字："政通""人和"。字体道劲、稳健，字意家国兼顾，忧国忧民。最让我好奇的是两个高挂的红灯笼上写着"雁门"两个字。家住福州的作家林那北告诉我，这就是闻名中外的萨家，即"雁门萨氏"的祖宅。近代著名海军大将萨镇冰便出自这里，还有在中国近现代史上赫赫有名的萨氏家族。

提起雁门萨氏，必然会联想到元代的大诗人萨都刺，还有那首"紫塞风高弓力强，王孙走马猎沙场。呼鹰腰箭归来晚，马上倒悬双白狼。"的诗句。据萨家后人称，出生在山西雁门的萨都刺就是他们萨家的第三世先人。

萨都刺，元代著名诗人和画家。祖父思兰不花，曾跟随元世祖忽必烈南征北战，立下汗马功劳。元朝第五代皇帝元英宗时被赐姓萨，定居代州雁门（今山西代县），由此成为雁门萨氏的肇始。有关萨都刺的族属，学术界一直有争议，有说是西域的回族人，有说是答失蛮氏的蒙古人。但是20世纪60年代在国家民族身份认定时，福州雁门萨氏的后人大多将自己的民族成分认定为蒙古族，这应该为萨都刺的族属问题画上了一个句号。关于萨都刺在中国古典文学史上的地位，当代文学史家们评价并不充分，他们过多地花时间考证和甄别他的族属问题，而遮蔽了他在诗歌创作上的成就，有些学者甚至以"游山玩水、归隐赋闲、慕仙礼佛、酬酢应答"之类的言辞来为他定位，低估其创作的思想价值，还有的学者以今天的眼光来强求他的文学立场和思想意识，令人无语。我个人以为萨都剌的诗歌创作，仅凭《上京即事五首》和《念奴娇·登石头城》两首便足可与唐宋的那些诗词大家相提并论。

那么，雁门萨氏是如何从山西来到福建的呢？据史料记载，萨都剌有兄弟三人，萨都剌为长兄，其弟萨野芝有一子为萨仲礼，在元惠宗时，考中进士，被封予福建行中书省检校一职，于是萨仲礼举家来到福建就职，并定居福州，百年后葬于侯官县（今福州市鼓楼区）大梦山，成为雁门萨氏入闽开基的始祖。元朝灭亡后，萨氏后人逐渐汉化，第三代的萨都琦中了明朝的进士，官至礼部右侍郎，雁门萨家便完全融入儒家文化的传统礼仪之中，从语言文字到生活方式，变成了地地道道的福州人。据统计，在雁门萨氏落户福州的六百多年时间里，萨家共产生了九位进士、四十位举人、十位诗人。

而在近现代的一百多年中，这个家族又产生了五位将军、十二位博士、几十位学者、一位研究院院士和一位中科院外籍院士，其中就有中国海军的奠基人之一萨镇冰。

萨镇冰，雁门萨氏第十六世，历任海军统制、海军总长、代理国务总理、福建省省长、海军部高级顾问、全国政协委员等职。最让人称道的是他在甲午海战中奋勇反击日寇，誓死守卫炮台的英勇事迹。在我方战舰相继被敌方击沉的困境下，萨镇冰所掌管的康济号成为唯一幸存者。另外，在1907年，作为清朝海军统制的萨镇冰派遣军舰在西沙群岛巡视，宣誓我国主权，这为当时已经被列强蚕食得岌岌可危的清政府统治下的破碎山河，留下维护国家主权的精彩一笔。

作为军队高级将领，萨镇冰为官清廉，爱民如子，且有风骨。他治军严谨，不仅不贪污腐败，还用自己的俸禄贴补军饷，修复军舰。引退后，更是致力于慈善事业，在福州开办孤儿院、工艺传习所、收容所，并向海外闽侨募集巨资，建成具有慈善性质的佛教医院，以济世救人为本，施医赠药。1926年冬天，军阀张毅率残余部队流窜到闽县，大肆掠夺，烧毁民舍，乡民们流离失所。萨镇冰走遍南洋群岛，募集了二十余万元巨款，重建灾区，并亲自督办救济事宜。当地村民感激涕零，为他建起长寿亭，称赞他为"活菩萨"。

然而，正如他的先祖萨都剌一样，萨镇冰的一生也存有不少的非议。尤其是近年，有史家对他在国民革命时期的政治立场发出了质疑。说他效忠清室，反对武昌起义，还在张勋复辟的内阁担任了海军总长一职，等等。作为一个在历经元、明、清三个封建王朝，近八百年受儒家文化浸淫的家族中走出来的军人，我们不能以今天的眼光来强求并限定他，我以为，在他看来，清朝是一个象征，代表着中国几千年来正统文化和体制稳定与延续的一个保障。当它摇摇欲坠的时候，他必须为之牺牲，尽职尽忠。由此我想起了王国维，作为前朝遗老在清灭亡之后，他依然留着辫子，感叹毕生追求的文化与传统的衰落，并最终为之沉湖殉葬。学术界并没有因为王国维的"愚忠"和"殉清"而质疑甚至否定他在美学和哲学方面的成就，而且还对他充满悲剧性的结局表示同情和认可。其实，知道那段历史的人明白，萨镇冰并不是一个因循守旧的老顽固，当袁世凯背叛民国称帝时，曾任命他为内阁海军大臣，但被萨镇冰拒绝，而民国恢复后，黎元洪大总统要他做海军办事处的办事员，他却不嫌职位的卑微欣然赴任，表现了他顾全大局，以国家为重的情操和胸怀。也是出生在福建的女作家冰心非常肯定她的这位老乡，她在一篇文章中写道："萨镇冰先生，永远是我崇拜的偶像。"并高度赞扬——他是中国海军的模范军人。

晚年，他拒绝了蒋介石的邀请，毅然决然地留在了大陆，并发表文告拥护中国共产党。他的这一行动，也佐证了在晚年人生的关键时刻，对未来的高瞻远瞩和对社稷的坚定信念。1952 年 4 月 10 日，萨镇冰先生病逝于福州，享年九十四岁。临终前，萨镇冰先生写下一首诗，表现了这位饱经沧桑的世纪老人的人生智慧、对国家和民族复兴的希望以及对天道人伦的敬仰："国疆昔小而今大，民治虽分终必联。人类求安原有道，俗情狃旧尚无边。忘怀富贵心常乐，从事勤劳志益坚。所望群公齐努力，相扶世运顺乎天。"

难忘的"姆洛甲"

广西是我除了故乡内蒙古之外，来过最多的地方。

1983年，父亲第一次到大西南便选择广西，参加了"三月三"的壮乡歌节。新华社摄影记者周家国恰好捕捉到了父亲头戴草帽，手拿绣球的瞬间，身旁是欢笑而纯朴的壮家青年男女。这张照片后来刊登在《光明日报》上，引起了相当的社会反响，成为蒙古族与壮族，一南一北相距四千公里的两个民族之间交流的写照，同时也诱发了我对这个遥远南国的向往。十三年后，我终于踏上了广西这片土地。二十多年来，我无数次来往于广西和北京，足迹几乎踏遍了广西全区，广西已经成为我记忆中最美丽、最亲切的所在，直至今天依然吸引着我随时出发，重温那秀美的山河和可爱可亲的朋友们。

在我的印象里，金城江是一个独特的地方，作为河池市政府所在地，它仿佛是广西的一个缩影，是广西所有景致和民风民情的微观体现，也是改革开放40年来我国少数民族偏远山区翻天覆地变化的一个有力见证。70多年前，作家巴金先生途经此地，写过一篇散文《金城江》，无奈地记述了20世纪40年代初金城江的风貌："金城江，神秘的地方。娼妓、赌博、打架……没有一样它没有。人们的钱花得像江水一样，去了就不会流转回来。在这里住几天，就必须留下一些东西，带走一些东西，也许会有人带着美丽的回忆离开的，但是更多的人从这里带去了痛苦的记忆。"而今，经过新中国的建设，尤其是经过改革开放，金城江已经成为广西乃至全国最富特色也最有生机与活力的地域之一。然而，这次金城江之行给我印象最深的却是一个叫"姆洛甲"的地方。

"姆洛甲"壮语又叫"米洛甲"，俗称"姆六甲"。

"米"在壮语里是妈妈的意思，是壮族神话传说中的创世女神。有说是"布洛陀"之妻，也有说是"布洛陀"①的母亲。"姆洛甲"女神峡便由此得名。相传"姆洛甲"的神性是万能的，最早人类还没有天地之说，"姆洛甲"吹了一口气，便创造了天，然后抓把棉花贴上去就形成了云。天造好了，却发现天太小，无法盖住大地，她便用针线将地的边缘缝合起来，然后一扯，天空就像一个锅盖笼罩在大地上了。由此地面就起了皱纹，于是，凸起来的部分形成了山脉，凹下去的部分便成了江河湖海。这个神话与中原的"女娲补天"异曲同工，也反映了原始人类共同的想象和认知。

"姆洛甲"女神峡由天门峡、凉风峡、龙门峡组成，恰好与长江三峡的瞿塘峡、巫峡和西陵峡形成对应，所以"姆洛甲"又被当地人誉为"小三峡"。所谓小就是它不比长江三峡的雄浑、宽阔和深远，也没有它的声名显赫。但是它比长江三峡险峻奇崛，更富有原生态的气质。这一点可以从它的"小"处着眼，即

---

① "布洛陀"被壮族人奉为"始祖公"，是壮族先民口头文学中的神话人物，是创世神和道德神。

从细节来考察。如果你荡舟顺龙江而下，你会被她奇特的身姿与风采震撼。站在船头，但见江两边山峰陡立，水天一线；绝壁处，刀削斧砍，堪比神工。水面青绿平缓，水质清澈纯净；小船慢慢驶过，划过山体青翠的倒影，如临仙境一般，让人心旷神怡之余又有一种莫名的感动，忘却俗间所有的烦扰与牵挂。下了船，走进山中，却见古藤挂天，钟乳倒悬；远处翠竹依依，野蕉漫漫。在神秘的桫椤谷，我还看到了被称为"活化石"的国宝级濒危珍稀植物——桫椤，它的枝干或高大笔直，直冲云霄，或矮小细嫩，亭亭玉立，它的树叶也尤为奇特，细密有序，如一把把羽扇，树冠又似一支巨大的罗伞，远看如华盖一般，高贵且神奇。而附在叶瓣上的那一排排红色的果粒，又似南国的相思红豆，给人以无尽的遐想。传说释迦牟尼八十岁圆寂时选择的就是拘尸那迦城外的桫椤双树下。唐代诗人殷尧藩在《赠惟严师》一诗中写道："谈禅早续灯无尽，护法重编论有神。拟扫绿阴浮佛寺，桫椤高树结为邻。"也有人说，此桫椤树与佛祖圆寂时的桫椤树，并非一个树种，但我真的希望它们是一样的，这不仅是因为两者同音同名①，而是它们都为神授之树，一个是经过漫长的地质变迁、物种进化，幸运地繁衍到今天的"植物之王"，一个是见证释迦牟尼降世、入灭和涅槃的圣树。此刻，我站在桫椤树下，望着这些差不多从2亿年前存活到今天的物种，想象着恐龙时代的兴盛与衰亡。其实历史不只是写在书上，更多的是深藏在这些生物的样本之中。

当然，"姆洛甲"最让人感兴趣的还是龙江河岸边那些民风淳朴自然完整的村寨，以及那些善良乐观的壮族、瑶族兄弟姐妹。游览完了女神峡，我们一行人在金城江区六甲镇党委书记覃琴女士的带领下，走访了一座古村落——梦古寨。覃琴是土生土长的壮族，年轻、漂亮，脸上总是带着热情的微笑。她穿着鲜艳的壮族服装，宽大的头巾镶着银饰和刺绣，掐腰的三角围裙，更显出她健美的身材，乍看去，仿佛是村里哪个邻家的新媳妇。与我同行的几位诗人、作家纷纷要求与她合影留念，我也凑趣，与她摆拍了一张目光对望的搞笑照片。

---

① 桫椤，亦称娑罗，梵文为Sāla，有高远之意。见丁福保编《佛学大辞典》。

这时，寨里的少男少女送上当地自酿的桑葚酒，一边唱着山歌一边向我们敬酒。我与壮族作家李约热、土家族作家田耳、仫佬族作家何述强，还有瑶族诗人寒云围坐在一起，推杯换盏，不知不觉中酒意微醺，也开始随着少男少女们唱起山歌来：

喝吧，来自山外的朋友

莫说山里人不会待客

一见面，就给你

端上一碗酒

……

知道我在写作之余还画水墨，在我们吃中饭的当口，覃琴让人在村口用几张桌子拼成了一个巨大的画案，铺上毛毡，摆上笔墨和纸。——这真是我见过的最大的画案，也是我见到的最大、最特别的天然画室，它于蓝天白云之下，青山绿水之间，让我陡然产生了强烈的创作冲动。所以，席间我趁大家不注意，胡乱填了两口饭菜，一个人溜出饭堂，快步走到画案前。

我一挥而就，画了一幅水墨《骏骨图》，并题上了元代书画家赵孟𫖯的两句诗："骏骨不得朽，托兹书画传。"我想，这匹骨骼鲜明的古意之马，恰与周围拔地而起的一丛丛奇峰怪石形成呼应，也表达了我对这片俊美山川的留恋和敬意。这时，身边已经聚集了很多人，有人夸赞，有人拍照。我举起这幅《骏骨图》交到覃琴手里，让她代表六甲镇接受我的礼物，祝福六甲这座美丽的小镇像一颗珍贵的明珠永远发光闪亮。之后，我又画了一匹长鬃白马送给一直陪同我们的金城江区的区长曾朝伦。我向他介绍说："在蒙古族的传统文化里，白色一直象征着纯洁、真实、正直和美好。献给客人的哈达是白色的，蒙古族的主要食物奶制食品是白色的，甚至我们还把春节称为'白节'，表达对新的一年'初始''开元'的吉祥的愿望。历史记载，蒙古人的先祖成吉思汗在世时，从百万匹骏马中挑选出一匹白马，作为天马神骏'萨尔乐'的化身，以代代转世的形式供后人敬奉，而且规定：任何人不许骑乘、役使、鞭打和咒骂。所以，白马被视为我们马背民族灵魂的象征。"我把这匹马送给他，正是希望这匹白马给他带来吉祥和幸运，也希望他作为地方的管理者，能够为金城江的百姓带来福祉和未来。

　　写到这里，我又想起巴金先生的那段文字，来到金城江，"就必须留下一些东西，带走一些东西……"确实如此，在金城江短暂的几天里，我看到了一个充满希望和生机的小城以及它周围广阔的山川。我必须留下我的马，留下欢笑，同时带走一些东西，那就是对金城江的美丽的回忆和想念。

　　金城江，我还会回来的。

仡佬草原的深情

作为一个工作在大都市的蒙古族，我对草原有着天生的敏感和热情。每当提起草原，我的血液就会掀起一股热浪，思绪也会一下子飞向遥远的呼伦贝尔大草原。

2016年4月，我到了贵州省务川仡佬族苗族自治县的泥高乡，这里又被誉为"仡佬大草原"。虽然这里草原的面积只有六十七平方公里，不及呼伦贝尔草原的三百分之一，但是草原共同的气息和景象，让我恍惚有回到故乡的亲切感和归属感。碧绿的波状草滩，成群结队的牛羊，青草、鲜花、新鲜的空气，还有淡淡的牛粪的气息，这些都是我熟悉的味道。很多不了解草原的人对牛粪不以为然，而在我的家乡，在草原上，牛粪是烧茶、烧饭和取暖的燃料，每家都会在屋前或者房后堆上一大堆晒干的牛粪，用柳条编的围栏围住。

仡佬大草原是我国西南地区最大的高原喀斯特草原，与呼伦贝尔草原的不同在于，仡佬草原的海拔高度是一千三百米到一千五百米，比呼伦贝尔草原的海拔大约高出一倍以上，这种高度被气象学家誉为"黄金海拔高度"。这里冬无严寒，夏无酷暑，气候条件得天独厚，自然风光更是丰富多彩，秀美宜人。草原的东面是一大片石林，如春笋似天柱，蜿蜒错落，贯通南北，形成一条天然的屏障。而喀斯特的独特地质变化，又在草原周边形成了溶洞、溪流、泉水、瀑布和天池等景观，给这片草原增添了传奇、神秘的色彩。泥高乡的书记冉再光告诉我："这几年我们实施'退耕还草，旅游上岗'，主抓畜牧生产和旅游业，使农牧民的生活水平提高的同时，自然景观也变得更加多姿多彩。来到我们泥高乡你会感觉'一步一换景，一景一心情'。"

当他听说我是来自呼伦贝尔的蒙古族，非常高兴，他说："我曾去呼伦贝尔考察学习，你们的草原好大啊，雄伟壮阔，一眼望不到边际，让人羡慕。"我说："大也有大的问题，我作为呼伦贝尔人，到现在还有很多地方没有去过。而仡佬大草原，虽然可以让人尽收眼底，但她蕴藏了大西南的所有神秘。如果把呼伦贝尔比作英武健硕的蒙古汉子，那这儿的草原就像是一个娴静的仡佬族女子，秀丽而深情。"

听到我的比喻，在场的所有人都开怀大笑起来。

这时，冉书记带着我们走上一座高坡，指着从远处延伸而来的公路告诉我们："每到盛夏，远近的城里人会开着汽车，走进草原。到那个时候，路的两边就会搭起用竹席折成的鸭儿棚，就像你们的蒙古包一样，迎接避暑纳凉的客人。那时候，仡佬大草原就像过节一样，欢歌笑语，蔚为壮观。"

听了他的介绍，我忽然有一种担忧。每年这么多人聚集到这里，会不会破坏这里的自然环境。由此我想到呼伦贝尔。我非常希望全国乃至全世界的朋友都去我的家乡看看，感受蒙古草原的壮美和风土人情，这也是我们民族热情好客的传统。但是我时常担心，这么多人接踵而至，不仅打破了牧民的平静生活，而且肯定会对那里的生态环境造成影响甚至破坏。所以，这些年看到家乡一跃成了全国的旅游热点，我心里非常矛盾，一方面希望与更多的人分享故乡天堂般的美妙，一方面又担心太多人的光顾，会毁掉那片净土。

冉书记自信地说："仡佬族百姓也需要脱贫致富。历史上这里被称为'蛮僚之地'，偏远、封闭，很少与外界交流，发展迟缓，经济落后。近几年我们实施了'产业致富'的战略，重点开发旅游产业，全乡的年收入超过了五百多万元，人均收入也达到四千元以上，在务川全县率先实现了'减贫摘帽'的目标。当然，我们从一开始就重视生态的问题，责任到家，让每个人都有爱护家乡、保护环境的主人翁意识。"说到这里，他冲我们来自北京的几位作家会心一笑，"再说，每逢酷暑或者雾霾，你们城里人总得有个凉爽清心的好去处啊，是不是？"我们都笑着点头。是啊，每到炎热的盛夏或者北京雾霾污染严重的时候，我如同钢筋水泥笼子里的困兽，恨不能放下一切，逃出都市，回到我的故乡，永远也不要回来。

几天的采风，我感觉到仡佬族是一个热情好客，民风淳朴的民族，这一点与我们蒙古族非常接近。我们在饮食上也有很多共同点，比如仡佬族的男人都好酒善饮，女人也都能歌善舞。我还发现他们的油茶也很像蒙古族的奶茶，所不同的是，奶茶是用砖茶熬制，工序相对简单，而油茶则需要三道复杂程序——即炼制茶叶、熬制茶羹、加工制作。首先用新鲜的青茶叶烘烤晒干，再用菜油煎，少量的开水煮，再用木瓢反复揉磨、搅压、捣烂成羹。然后还要用清水淘、锅里炒。最后的加工阶段，是将熬制好的茶羹放入锅里回炒数秒钟，然后加水煮沸，再适量地加入盐、香葱、花椒面，便可以食用了。如果再配以芝麻、鸡蛋、油渣、炒豆、板栗、核桃、花生米等，味道会更佳。我几年前曾喝过这种类似的油茶，说实话当时真的没感觉出好来，可是仡佬族的油茶却有一种特殊的香味儿，入口清爽怡人，精神也为之一振。我有些不解。身旁的仡佬族女作家肖勤告诉了我秘密。她说："我们祖祖辈辈都喝这种油茶，还把它称为'干劲汤'或'醒脑汤'。清朝末期，一些吸食鸦片成瘾的人，为了戒毒瘾，就熬这种浓浓的油茶来喝，非常有效。"听她一说，我还真的感觉浑身有了力量。

在我们离开的前一个晚上，乡里为我们安排了仡佬族的特色文化大餐"三幺台"。所谓幺台，是结束的意思，"三幺台"，顾名思义，就是宴席要经过茶、酒、饭三道程序才算圆满。这是仡佬族独特的接待贵客的习俗，形象地展现了仡佬族传统的礼仪文化、茶文化、酒文化和美食文化。具体来说：第一台，茶席，意为接风洗尘。就是让远道而来的客人喝碗油茶，然后吃米粑、米花糖、粽子、饼子、核桃、花生、板栗、葵花、薯干等。第二台，酒席，意为八仙醉酒。就是每张桌子围坐八个人，每个人必须吃好喝足，直到进入八分醉意，走路像踩着云彩的神仙一般，才表明主人的真诚和热情。第三台，饭席，意为四方团圆，客人必须酒足饭饱，主人才算完成了待客的任务。

当酒宴进行到第二台的时候，冉书记端着一碗米酒，站起来高声地看着我说："那年我到呼伦贝尔考察，最喜欢听的一首歌就是《呼伦贝尔大草原》，现在我们请兴安老师为大家唱一段，好不好？"

"好！"大家一声呼应。我站起来，将碗里的酒一饮而尽，激动地说："《呼伦贝尔大草原》是赞美我的家乡的一首歌曲，这么多年我每到一个地方都会唱这首歌，几乎唱遍了祖国的大江南北，甚至唱到了国外。今天我要把这首歌献给和我的家乡一样美丽的仫佬大草原，献给仫佬族兄弟，也祝愿在座的各民族的老师、朋友们健康快乐。"

　　我的心爱在天边

　　天边有一片辽阔的大草原

　　草原茫茫天地间

　　洁白的蒙古包撒落在河边

　　我的心爱在高山

　　高山深处是巍巍的大兴安

　　林海茫茫云雾间

　　矫健的雄鹰俯瞰着草原

　　呼伦贝尔大草原

　　白云朵朵飘在飘在我心间

　　呼伦贝尔大草原

　　我的心爱我的思恋

我的心爱在河湾

额尔古纳河穿过那大草原

草原母亲我爱你

深深的河水深深的祝愿

……

在高音部分，我听到冉书记也和着我唱起来，还有来自呼伦贝尔《骏马》杂志的主编姚广老弟。最后演变成了众人的合唱，歌声穿越夜空，回荡在静谧的仡佬大草原上。

酒宴之后，主人为我们准备了笔墨纸砚，请我们留下墨宝。中国作家协会副主席、诗人高洪波，散文家石英，还有《民族文学》的副主编、满族作家赵晏彪分别题了词。我借着酒意画了一幅《饮马图》，送给冉书记，两人举着画合影留念。

冉书记非常高兴，感慨地说："这是来自马的故乡，内蒙古草原的蒙古族兄弟为我们仡佬大草原画的马，我们一定要永远珍藏。"

这几年，我送给朋友不少马，回想起来，最有意义的有两次：一次是2015年7月，我将我画的一匹奔马，赠给呼伦贝尔新巴尔虎右旗草原的牧民、驯马师都荣；另一次，便是送给仡佬大草原。两匹马，一静一动，相隔数千里，却表达了我对故乡草原和仡佬草原的共同的怀念。

江山美过画

　　焦作是个人杰地灵的好地方。这里不光有我久已神往的云台山，更有我敬仰的先贤名士。孔子门下的"七十二贤人"之一卜商，竹林七贤中的山涛、向秀，魏晋玄学的创始人之一王弼，以及唐朝的著名散文家韩愈、诗人李商隐等，都出自这片古老的风水宝地。而最让我感兴趣的却是北宋的山水画家郭熙。

　　如果想了解中国古代的山水画，郭熙绝对是绕不过去的人物。郭熙是温县人，温县是焦作的一个小县，距离云台山只有九十一公里。我喜欢画马，喜欢画人物，也偶尔画些花鸟之类，唯独没有真正尝试过山水画。当然，我少年时期曾临摹过唐伯虎的《落霞孤鹜图》除外。但是我一直喜欢山水画，尤其是宋代的山水画。山水画起始于南北朝，唐代开始兴盛，但正如元代《画鉴》上所说："唐画山水，至宋始备。"因此，宋代才是中国山水绘画艺术的顶峰。而郭熙无疑是中国古代山水画发展的承前启后者。他的山水画论《林泉高致》几乎是后人学习山水画必读的经典，其中的"三远"说，更是山水画家耳熟能详的画训："山有三远，自山下仰山巅谓之高远，自山前而窥山后谓之深远，自近山而望远山谓之平远。高远之色清明，深远之色重晦，平远之色有明有晦。"在我看来，"三远"也是我们欣赏和研究山水画，甚至是游览和纵情山水之间的一种想望。郭熙的旷世之作《早春图》就是中国古代北方山水画派中最伟大的作品之一，也是他山水理论的形象体现。

抱着对郭熙的崇敬以及对其家乡山水的好奇，我来到了云台山。虽然史书上没有郭熙与云台山的关系的确切记载，但是作为一个饱有"林泉之志"，以表现"真山水"为性情的艺术家，不可能对身边的山川景色无动于衷。郭熙"天性嗜画，自学山水"①，年轻时候就被征调到京城，专业训练绘画，之后成为宫廷的御用画师。在近20年的时间里，他的山水画得到神宗皇帝的青睐，将他的画挂满了宫廷、中书省、枢密院以及寺庙道观等场所，并赞誉他的画是"天下第一"。然而，继位的哲宗对他却毫无兴趣，将他的画摘下，甚至当成抹布。失意的他不得不告老还乡。或许是官场上的挫折，让他的画远离了以往温和、含蓄、内敛、媚上的品格；或许是终于回归了自由，让他有更多的时间观察山林和泉石，更真实细致地描摹山的冷峻和奇险，使他的作品在晚年显示出了前所未有的力量和苍凉感。《早春图》便是他回归山野之后的代表作品。画面描绘的是春天即将来临的山中景象。冬去春来，万物复苏，山间升起淡淡的雾气。远处的山峰气势雄伟，近处圆岗山石突兀，山泉淙淙而下，汇入河谷，小桥、挑夫、亭台、楼阁分别掩映于山崖丛树之间。图中山石先用湿笔勾出轮廓，线条柔浑圆劲，形若云层，又在阴凹处以片状或卷曲之

① 见卢辅圣的《中国文人画史》，上海书画出版社2012年1月第一版。

笔墨密皴，或如乱云，或如鬼脸。形成了他"独步一时"①的艺术风格。

我来云台山的时候，已经是深秋时节，高耸的茱萸峰仿佛飘浮在云雾之上，有一种高处不胜寒的冷傲和威严。红石峡的水如镜面，倒映着蓝天和两边的圆岗山石。我泛舟水中，一边举着相机拍摄山林的景色，一边想象着900多年以前，郭熙先生也是在这条溪水汇成的河中，坐在船头，手持墨笔，捕捉着山川、云烟的变幻。那个时候，或许是在春天，郭熙初学绘画，年少气盛，对未来充满憧憬；或许是在山花烂漫的六月，他正受宠于朝廷，跟随神宗皇帝来此游玩。船上歌舞升平，船头郭熙与神宗畅谈山水笔墨之趣；或许是在肃杀高远的初冬，银髯如丝的他在爱子郭思的搀扶下，传授着"林泉高致"和山水之法。遥渺的过去与咫尺的现实形成时空的对照和重叠，让人有"逝者如斯"的慨叹，并对艺术与现实的关系产生思考。

当然，艺术与现实总是有距离的，创作常常被认为

----

① 见《宣和画谱》，北宋宣和年间由官方主持编撰的宫廷所藏绘画作品的著作。

是对现实的升华、概括和抽象。我不好说《早春图》中的山一定是云台山，画中的山峰、峡谷也很难考证是否是茱萸峰和红石峡，但我相信，现实中的云台山肯定比郭熙画中的山更真实、更生动，也更美丽。因为任何艺术创作一旦面对神奇的大自然，面对宇宙的天造地设、神工鬼斧，都必然会逊色很多。郭熙在他的《林泉高致》一书中对山水画有一个理想化的表述。他希望他的画能让欣赏者"可望、可行、可游、可居"。但这不过是他向往的身临其境、陶冶身心、物我两忘的艺术境界。而真正可望、可行、可以游和可以居住的只有现实中的云台山。我们常说："江山美如画。"其实现实往往让我们发出"江山美过画"的感叹。这便是我观郭熙之画与游览云台山后的收获。

伴酒一生

　　嗜酒之于我，大约是先祖遗传下来的基因。父亲也爱喝酒，每天必酌两盅白酒之后，才可吃饭。我则不同，一般很少在家喝酒，我喜欢与几个朋友小聚，少则三两，多则半斤，也有喝高的时候，没办法，有朋自远方来嘛，或者碰上较劲的主儿，也只好舍命陪君子，绝不示弱。因为很少在家里喝，所以就存下来不少好酒，全国各地、世界各国的都有。有时候在家里我喜欢喝点威士忌或者朗姆，不加冰块的那种，用小杯子，类似美国西部片里的牛仔，一饮而尽。我藏了几瓶加拿大的冰酒，据说这种酒的葡萄必须是摄氏零度以下结了冰碴儿后才可酿造，味道甜而不腻，口感极佳。其中一瓶是加拿大华裔老作家刘敦仁（文钊）先生送我的，叫云岭（Inniskillin），是加拿大最有名的冰酒之一。三年前，女作家王芫从加拿大回国，给我带来一大瓶私人酿制的冰酒，2012年在我五十岁生日的聚会上开瓶后，遭到在座的朋友的哄抢，瞬间就被喝得精光。我还有两瓶欧洲酒，其一是我从俄罗斯买的乌克兰酒，陶瓷瓶的，瓶面上是手绘的人物，非常别致，至今我还不知道酒的名字。另一瓶是我从巴黎带回的苦艾酒（Absinth），俗称"绿闪电"，酒精七十度，还配有两把特制的勺子。据说苦艾酒能催生灵感，所以极受海明威、毕加索、凡·高、王尔德、德加等众多文学艺术大家的追捧，并为其创作过不少传世作品。但是，我还是更喜欢中国的白酒，这不光是因为白酒的历史非常久远，也因为发明酒的是一个女人，叫仪狄。想想很有意思，就像最早发明人类的是女娲一样，女人不仅是创造人类的祖母，还是让男人趋之若鹜醉生梦死的佳酿的始作俑者。尽管酒的产生是粮食变质发酵转换而成的，是一次失误。我个人以为它丝毫不逊色于指南针、火药、造纸术和印刷术的发明。可以想见，如果没有酒，只有四大发明，这个世界将是多么的理性、冷漠而无趣。文学史还会产生陶渊明、李白、苏东坡以及海明威、菲兹杰拉德、爱伦·坡和雷蒙德·卡佛这样伟大的诗人和作家吗？还会有"煮酒论英雄""斗酒诗百篇""一壶好酒醉消春"这样令人心驰的典故吗？由酒推及酒器，如果没有酒的发明，恐怕我们的器皿工艺制造史也要重写，我们会看不到自仰韶和大汶口文化以来的六七千年积累和流传下来的造型各异、工艺精美的酒器。

不久前，我和几位作家、诗人去了山东古贝春酒厂，参观了酒仙山和藏酒洞，尤其是看了酒文化馆之后，我对酒的认识更深了一层。酒文化馆给我印象最深的是展厅内的两排酒器展览。第一排是古贝春酒自1952年创立，从生产第一瓶酒开始至今的各种酒瓶，从最简易普通的玻璃瓶到精美华贵的陶瓷，每个时期的酒瓶，都打上了时代的烙印，记录了古贝春酒业从无到有，从有到盛的发展历程，它可以说是新中国成立后我国酒业发展历史的一个缩影。第二排是中国酒器的演化之路，展示了从新石器时代到当下的酒器的变迁，其中有青铜器，有黑陶，有银器，也有漆器和瓷器。凤鸟纹爵据说是最早的青铜酒器之一；而唐代的人形酒壶，惟妙惟肖；宋代的刻花撇口瓷器酒壶典雅圆润；元代的黑釉刻花酒壶、婴戏双系瓷酒壶以及鹤鹿同春铜酒壶则显示了北方民族的粗犷和大气；清代的酒器工艺达到了顶峰，有龙凤呈祥银酒壶、象形鎏金提梁壶等等。这些器具见证了中国白酒的发展历史，是中国酒文化的宝贵遗产。回到北京以后，我又专门去了一次中国国家博物馆，欣赏了更加精美古老的中国酒器。中国古代直到近代对酒器是非常讲究的，不惜用当时还很稀有的青铜和银打造酒壶和酒杯，且做工精细，品类繁多。这一点我们还可以从酒器的名称来考察。中国古代盛酒的容器有尊、壶、区、卮、皿、鉴、斛、觥、瓮、瓿、彝等，而饮酒器则有觚、觯、角、爵、杯、舟、罐、瓮、盂、碗、杯、盅等，让人眼花缭乱。据说考古学家在开掘河南安阳殷墟的"妇好墓"时，出土的二百多件青铜器中，酒器就占了百分之七十，足见我国古代酒器的发达和贵重。只可惜民国以后，我们在酒器的工艺和制作方面显然有些不如前，虽然，近几年在酒瓶的设计方面有些特色，但是，饮酒器的种类却相对单一，艺术价值不高。从我自己的收藏来看，值得一提的也只有酒瓶，而被文坛誉为收藏酒具第一人的林斤澜先生生前也只限于酒瓶的收集，原因就是很少能觅到让人耳目一新的饮酒器。相反茶器在当代中国的发展却格外地繁荣兴盛，茶壶自不必多说，一把由大师手工烧制的紫砂壶价格可在几十万元以上。茶碗或茶盏更是品种多样，工艺各异。我也喜欢收藏茶碗，但也不过几十种，如果到了北京的马连道茶城，你会完全被琳琅满目的壶、碗、杯、罐以及名目繁多的茶宠、茶海、茶滤、茶夹、茶托等茶具所震撼。想来确实不公平，据史料记载，茶成为士大夫喜爱的饮品，大约始于唐代，而真正的功夫茶的流行时间不过几百年，所以饮茶的历史实在难与饮酒的历史相匹敌。况且与茶的清寒不同，酒性热，南朝医学家陶弘景说："大寒凝海，惟酒不冰。"①它不光可以抵御严寒，还可以激发人们的热情，使彼此隔阂、疏远的关系得到缓释和解除。所以，有人说：酒席是中国人最好的交际场所，微

_____

① 《食疗本草·酒》卷下引。

75

醺的人们多了黏合剂。在酒席上，酒成为中国人情感共同体建立的催化剂，也成为中国文化远古以来的一种不变的推进力量。我以为还是有道理的。

法国作家巴尔扎克曾写过一本书《论现代兴奋剂》，他将酒与咖啡、烟草一起归入三大兴奋剂之列，甚至将酒与曾经肆虐欧洲的霍乱相提并论，认为酒精是一种大祸害。但是有资料显示，巴尔扎克从不喝酒，所以他对酒的仇视和贬损应该是个人的偏见吧。中国古代对酒的评价以宋人朱肱的《酒经》最为中肯，他说："古之所谓得全于酒者，正不如此，是知狂药自有妙理，岂特浇其遵循者耶？五斗先生弃官而归耕于东皋之野，浪游醉乡，没身不返，以谓结绳之政已薄矣。"当然，他也强调了酒的两面性，即："（酒）虽能忘忧，然能作疾。"所以，他要求饮而有度，醉而不乱，这是真正的嗜酒者必须遵循的原则。只可惜很多酗酒者失去理智，不仅伤害身体，其结果是摒弃、毁坏酒器，我以为这或许也是酒器在现代无法与茶具争锋的一个原因。

关于酒器，我还要说说我们蒙古族的酒具。蒙古族喜欢用大碗喝酒，一般有银制和木制两种。我家里有一只银碗，外围是木制的，上面雕有蒙古族传统的吉祥图案。每当我请朋友聚会的重要场合，一定拿出这个酒碗，再配上蓝色的哈达，为客人敬酒、唱祝酒歌。所谓敬酒并不求客人一口喝完，抿一口即可。如此一来，有些平常滴酒不沾的朋友，也会因为这只精美的银碗和尊贵的仪式尝上一口。所以，我非常赞赏我一位朋友的话：喝什么其实并不重要，关键是用什么喝？怎么喝？与谁喝？如果是美酒，盛在精致的酒具里，与同道者推杯换盏，觥筹交错，那将是最美妙不过的事情了。在古贝春酒厂最让我难忘的当然是那里的各种香型的美酒——我尤其喜欢那里的酱香型酒。但是更让我难忘的是他们教给我的一种饮酒方式，就是一定要喝出响动，在酒入口的一刹那，甚至要发出鸟啼一般的美妙的声响。我以为这是一种情趣，一种豪情，一种境界，让我感慨。所以，在离开酒厂之前，我第一次用我的母语——蒙古文书法写下了"美酒"两个字，献给他们，感谢他们又让我理解了酒的美妙和酒所代表的人类情感和精神。这种美妙的情感和精神将与酒一样伴我一生。

器而后道

　　如果将饮酒比作一种艺术行为的话，那么酒与酒器的关系就如同内容与形式的关系。再好的酒如果倒在塑料或者纸质的杯里都会变了味儿。年轻的时候，不懂得这些道理，只是胡乱喝，分不清酒的好坏，也不讲究酒器的尊卑。

　　历史上，真正的好酒者，没有不重视酒器的。韩愈有诗："我有双饮盏，其银得朱提。黄金涂物象，雕镂妙工倕。""朱提银"是产于云南的优质白银，"倕"是尧时期的能工巧匠，由此可见这个酒杯的高雅珍贵。古代的酒器除青铜、金、银、玉石、陶瓷以外，还有木质、竹质以及兽骨之类。宋代窦苹的《酒谱》一书中说到古人用瘿木节做饮酒器，杜甫的诗"共醉终同卧竹根"，说的也是用竹根做的酒杯。书里还提到了用虾头、蟹壳以及牛角做的酒杯，并给酒杯冠之以美名：莲子、蕉叶、梨花等等。而唐诗中的"葡萄美酒夜光杯"，恐怕是酒与酒器的最美妙的结合，也是好酒者追求的一种境界。

不久前，我又一次来到了山东古贝春的酒文化馆。馆里收藏或复制了自夏商以来各个历史时期的酒器，分储酒器、盛酒器、注酒器和饮酒器四部分，其中复制的四羊方尊是商代的盛酒器，也是中国最早的酒器之一，我在国家博物馆曾经欣赏过它的原件，绝对是国宝。还有西周的提链蝉壶，结构复杂，做工精巧。多年前，我在故宫博物院见过同时期的西周蝉纹觯，是一种饮酒器，可并不如它精致。从酒文化馆的展品中，我们可以梳理中国酒器文化的发展和变化，尤其是近年以来中国盛酒器（即酒瓶或酒罐）的繁荣。据我观察，这里的盛酒器的种类不少于五百种，有金属、陶、瓷、玻璃、木竹、皮革等等，形态各异，千姿百态。造型上有人物的，有动物的，有武器模型的，也有汽车船舰样式的，琳琅满目，让人目不暇接。其中的《红楼梦》《三国演义》人物系列，尤其生动、传神。而出土于20世纪50年代的陶制酒坛，上书"东阳好酒"，为元代的文物，则是酒文化馆的镇馆之宝。古贝春酒文化馆地处山东省武城县，西汉时期曾一度改置东阳县。酒文化馆的负责人告诉我，这些酒器都是他们从民间收购来的。此时，我想起已故的作家，我在《北京文学》杂志时的主编林斤澜老先生，他在国内文学圈里绝对是酒瓶的收藏大家。与一般的收藏者不同，他不是刻意地去搜罗空酒瓶子，而一定是自己亲口喝过的，并且酒的品质一定要得到他的认可。他认为：一瓶不合心意的酒，瓶子再精美也不会收藏，因为它会给你留下不愉快的记忆。在他看来，一瓶酒虽然喝光了，但是关于美酒的记忆还在，还有与你一起共饮的人和远去的时光。

　　我自认是个好酒之徒，也是爱收藏酒和酒器的人。关于收藏酒，我在《伴酒一生》一文中已经详细记录过，而对酒器的收藏当然无法与古贝春酒文化馆相提并论。我收藏酒器，正如林斤澜老先生所言，其实就是收藏记忆。所以，我每到一个地方必先尝一尝当地的酒，然后就是观察他们的酒器。记得2014年7月在肯尼亚马赛马拉的一个酒吧，我要了一杯肯尼亚自产的威士忌。酒当然别有韵味，因为肯尼亚曾是英国的殖民地，威士忌的酿造技术自然不会差。可是我却看上了我手里的酒杯。一般威士忌酒杯分两种样式，一种是大玻璃杯，用这种杯喝酒是要加冰块的，这样既可以稀释烈酒的浓度，又会让酒的香气弥散于杯口，让人回味。一种是细长的厚底的小玻璃杯，用这种杯喝酒可以更真切地品味威士忌陈酒的醇厚和浓烈，汲取大麦和谷物的精华。我用的这个酒杯属于第二种，细长，底部又类似高脚形状，与我以往收藏的威士忌酒杯不同。于是我说服黑人调酒师并花了四美元，买下了这只杯子。2015年我去挪威的海盗博物馆，看上了一只海盗酒杯，当然是复制品。这种酒杯是可以加冰块的中型玻璃杯，周围布满了墨绿色的玻璃疙瘩，就像是系了几圈海藻，抓在手里非常得劲儿，任凭海上风浪起伏，船体摇晃，也不会滑落。早就听说挪威海盗善于制造船舶，原来他们还会制造这么精美的酒杯。看了他们流传下来的《海寇诗经》，才知道他们也是一个完整的社会群体，有海盗王和臣民，有严密的组织和纪律，他们的诗歌更是充满了教诲、哲理和处世良言。这显然比当今的索马里海盗高级得多。

我还有一对祁连玉做的夜光杯，是20多年前一个甘肃的作家送我的。这种酒杯价格虽然不高，但工艺非常精细，杯体薄透如蝉翼，倒入酒后，对着灯光，能清晰辨别酒的颜色和波纹。不久前我第一次到了酒杯的产地甘肃的河西走廊，看到了遍布商店柜台的夜光杯，我起初对我的收藏有些失落，但是当我一个个地拿起它们观察时，却发现现在的杯子都不比我的那对精细并且颜色纯正。我感到释然，或许这对杯子与满街的杯子属于同类，但是它们陪伴了我20多年，我用它们喝过美酒，这也注定了它们的与众不同。

我还可以如数家珍地说出我的其他酒杯：一套索菲亚绿色嵌金雕花的水晶高脚红酒杯、一套波西尼亚白色镶金雕花的威士忌酒杯、几只晚明时期的青花酒盏，还有我们蒙古族常用的红铜或木质镶银箔的酒碗等等。当我在夜晚，一个人的时候，在写作或画画的间隙，拿出其中一只酒杯，倒上自己喜欢的酒，抿上一口，回忆起往日的时光，回忆起与酒和酒杯有关的故事，我忽然会感觉时空一下子变大了，感觉自己站在过去和未来的交叉点上，这个点虽然渺小或者微不足道，但是你让这些身外之物有了生命，有了故事，以至它们逐渐成为你身体的一部分，相互挂念，荣辱与共。器而后道，道则不陨。这也是我对物与我之间关系的理解。

钢琴乱弹

前几日在一个朋友家即兴弹了一段钢琴，视频发在微信圈后引发一阵躁动。不少人问我，什么时候学的钢琴，怎么一直深藏未露呢？还有人夸我无所不能，除了写作、画画、唱歌，还会弹钢琴。搞得我自己都有些找不着北了。实话实说，我哪里学过钢琴，只是我最爱钢琴罢了。

恍惚记得小时候，有位搞音乐的长辈看了我的手，说了句，这手指，又细又长，适合弹钢琴。说者无意，听者竟然有心，为此我还曾偷偷地压过手指，想象钢琴的形状，还有手指跳动在琴键上的模样。

上大学时，艺术系的琴房就在我去往校图书馆的路上，里面的琴声常常吸引我不知不觉地走到琴房的窗口，倾听学生们练琴，常有走进去摁几下琴键的冲动。后来我在一位从内蒙古来京进修学习指挥的老乡（他叫丹巴，后来是呼伦贝尔歌舞团的首席指挥）处学了几次指法和左手合音。渐渐地我对这种神奇的乐器有了特别的关注和偏爱。

有了女儿之后，我特别希望女儿学钢琴，即使成不了钢琴家，至少会弹一些曲目也好。于是买了一架钢琴。她起初还真是兴趣盎然，也能弹不少练习曲，我还曾与她四手联弹过迪亚贝利的一首短曲。当然由她主弹，我只是在旁边凑数，做一些配合，一是想持续女儿练琴的兴致，二是用音乐和钢琴交流父女之间的感情，三当然也是想顺便过一下弹琴之瘾。父女俩竟然出奇地默契，有声有色，有板有眼，还有彼此眼神的交流和会意。也差不多那时，我开始大量收藏古典音乐CD，其中以钢琴独奏和钢琴奏鸣曲为多，最早一套钢琴曲是莫扎特的《钢琴奏鸣曲全集》，是当年被发烧友推崇的葡萄牙女钢琴家皮雷斯演奏的，全套共六张，人民币七百二十元，相当于我当时月薪的一半还多。我竟毫不犹豫地买下。后来又收藏了她演奏的肖邦的《夜曲》全集，之后是贝多芬、巴赫、柴可夫斯基、德彪西、巴托克的钢琴曲，其中肖邦的《夜曲》各种演奏版本，我收的最多，除了皮雷斯，还有鲁宾斯坦、阿什肯纳齐、傅聪、阿劳，还有日本女钢琴家仲道郁代等等。后来女儿还是走了我小时候的路，爱上了美术，钢琴逐渐被冷落。而我对钢琴依然情有独钟，几乎每一种曲目我都要收藏多位钢琴家的演奏版本。我听得最多的是古尔德（加拿大钢琴家，他演奏的巴赫的《哥德堡变奏曲》《钢琴平均律》最受热捧。他独具特色的边弹琴边哼唱的演奏风格，让我着迷）、哈斯基尔（罗马尼亚裔女钢琴家，被誉为莫扎特再世）、吉列尔斯（苏联钢琴家，以大力度地演奏贝多芬的钢琴奏鸣曲而出名）、佩拉希亚（美国钢琴家，他擅长演奏莫扎特和贝多芬，细腻而富有现代感）、索科洛夫（近些年被关注的俄罗斯钢琴家），此外还有一位年轻的法国美女钢琴家埃莱娜·格瑞莫，她的演奏技巧当然不错，但更多的是她的美貌和她对狼的关怀引起了我的注意。据说她后来几乎放弃了在公众面前的演奏，而是在北美建立了一个野狼保护中心，经常与狼生活在一起，并为它们现场演奏，成为世界乐坛的一个传奇，为此我还写了一篇评论她的文章。后来我又迷上了爵士钢琴，比尔·艾文斯、奥斯卡·彼得森、雷·查尔斯、凯斯·杰瑞特等等，他们的演奏让钢琴这种贵族化的古典乐器，焕发了新的气息和即兴自由的现代精神。

那天，不知为什么，看到朋友家的那架钢琴，孤寂地立在角落，我忽然产生了把琴盖掀开的欲望，于是不知不觉地就打开了琴盖。我起初以为这琴长年没人弹奏，已经失了音准，可是当我的手指按下琴键的那一刹那，它竟然迸发出我无法形容的美妙的声音。我仿佛是受到了某种召唤和鼓舞，先是站立着胡乱地弹奏，然后就坐下来，模仿着我记忆中的钢琴家的姿态，还有手势和指法，不知不觉地陶醉于钢琴水流般的节奏之中。我隐约感到屋子里的人高声谈话的声音瞬间低下来了，之后是一片寂静，我在眼睛的余光中发现妻子惊讶地看着我，举着手机拍下我当时沉迷的状态。我惊讶于我对钢琴原来如此地熟悉，也惊讶于我手指下流淌出的如音乐般的声响。我的手肆无忌惮地在琴键上摁抹跳划，那一刻，我感觉仿佛不是我在弹琴，而是某个钢琴师的附体，我不过是个傀儡，享受着音乐和钢琴给我的惊喜和快感。我忽然觉得并且确信，弹钢琴除了技巧之外，肯定还有某种精神上的东西，它有时会穿过你的身体，如电流般直接传达到你的手指，然后在指尖触碰琴键的一刹那，发生某种移情和升华。

是的，我宁可相信附体，哪怕是短暂的一瞬便消逝得无影无踪，从此不再光顾。但就在那一瞬，多年以来积蓄在我身体内的对钢琴的热望和妄想，借助我的手指与其对接，获得了灵魂出窍般的似我非我的奇妙体验。

我相信自己前世一定与钢琴有缘，那一世的"我"即使不是一个出色的钢琴家，也该是个不错的调音师，但肯定不是电影《调音师》里那个佯装成盲人，目睹并经历了一场血腥的倒霉的调音师。

洗澡就是个节日

——为《活动变人形》插图记

《活动变人形》是我青年时代就读过的长篇小说。受命为王蒙先生的作品插图，我首先想到的便是这部小说。我找到了当年给我特别触动的父亲带儿子洗澡的段落，它让我想起了童年时父亲带我去公共澡堂的往事。

干燥凉爽的草原小城海拉尔，夏天，穿过城中心的伊敏河便是我们的大浴场，河两岸满眼是人山肉海，在强烈的阳光下，喧嚣着热浪。父亲是游泳高手，他经常带我们姐弟三人来河里游泳，顺便洗澡，荡涤一冬天的尘垢和寒气。而在寒冷漫长的冬季，一般只有我与父亲，差不多隔一周或者两周，到河西的一家浴池洗澡。

那时候的我比《活动变人形》中的倪藻幸运，在洗澡的间隙，父亲会买些小零食，给我补充体力。因为难得一次洗澡，人们往往会在这里待上半天，反复地下水池浸泡自己，上来后还要躺在床上聊天、休息，或者眯瞪一会儿。那个年代，洗澡就是一个节日。我当时无法懂得父亲对儿子的关爱，看了王蒙先生这一段的描写，才让我回味起当年的情境，深深领悟父子之间的无法言说的情感。所以我决定选择这一场景和细节，用画面表现出来。

第一次在公众场合脱光自己，露出自己稚嫩瘦小的刚刚发育的身体，确实需要勇气。在大人林立，有的肥胖有的瘦削，有的衰老有的健壮，有的光滑有的粗糙的肉体的丛林中，我感觉到了自己的渺小，它不光是一种羞愧，而是一种尴尬，就仿佛自己的秘密瞬间曝于光天化日之下，让人察觉和揣度。其实在那个时刻，所有人都是一样的，没有人关注你，只有父亲会仔细地上下打量你，关心你身体的成长和变化，然后微微一笑，那笑里有鼓励，有自豪，也有一种对未来的期许与想象。倪吾诚作为父亲和丈夫都是不合格的，但是在浴池，父子俩赤裸相对的那一刻，我看到了人类本能的超越时空的父与子的关联。父亲看到了自己的过去，儿子想到了自己的未来。生命体便是如此奇妙地延续和转换。

另一幅是小说中两个人物赵尚同与倪吾诚的对白。与其说是对白，不如说是倪吾诚所遭受的痛斥。两个人的冲突从某种角度来说，也代表了"五四"以来，中国知识分子在封建传统文化与西方现代文明之间的身份转换或选择取舍中产生的痛苦和迷茫，同时，深刻地批判了在这个群体中存在的软弱虚妄，夸夸其谈，缺乏责任与使命的利己主义的实质。

西索木

　　西索木是我最初认识草原的地方。它位于呼伦贝尔的鄂温克旗境内，汉语又称西公社。20世纪六七十年代，差不多每年暑假，我都要和奶奶来这里住一段时间。这里有我的大姑大姑父，有莲花姐和常花姐，还有比我大几个月的表哥金福。记得最清楚的是附近的一口水井，我每天都会与姐姐们来这里打水。一根绳子拴着一只水桶，扔进井里，手腕一抖，将水桶扣入水中然后一提，满满一桶水就被我们合力提拉上来。井很深，里面非常凉爽，所以索木的人常把新鲜的牛羊肉用塑料布包好，系上绳子悬挂在深深的井壁上。从没有人拿错，更不会有人偷走。

姑姑家有个大院子，里面有两座用柳条编栏围起的高高的牛粪堆，牛粪之间的缝隙，便成为小鸟们的巢穴，我常踮起脚尖站在牛粪堆前倾听里面雏鸟的叫声，想象着用手掏出几只鸟蛋或者雏鸟来。离家不远处是粮库的大草垛，姑父在粮食管理站负责，因此，我和金福可以自由出入。我们曾在草垛上面挖了个大洞，躺在里面看满天的星星。远处的草地上有布里亚特人的蒙古包、勒勒车，还有一种后来我在俄罗斯电影里见过的四轮马车。偶尔会有戴着尖顶帽的布里亚特人骑着马从我们门前的路上走过，我总会看着他们漂亮而独特的服饰发呆。

差不多四十年后，也就是2016年的夏天，我让金福开车带着我，来到西索木，穿过泥泞的土路，我见到了我住过的那个院子，崭新的结实的砖房之间，一个破旧的黑乎乎的土坯小房，孤零零地隐在角落。金福告诉我，这应该是当年他们家的仓房。我有些吃惊和怅惘，难道这就是那个仓房？记忆中它很大很大的。有一年暑假，我住在这里，无意中走进了这间仓房，这里是储存粮食和发酵酸奶的地方。我发现了一个麻袋，里面装着满满的花生。在那个年代花生是一种紧俏的食物，在北方牧区很少能够吃到，我盯着在我眼里变得金灿灿的花生，不住地咽口水。我抓了一把走出了仓房，躲在没人的地方，迅速地扒开壳儿，将花生仁塞进嘴里。花生进了肚，馋虫又开始蠢蠢欲动。我无法自制地蹑手蹑脚地回到仓房，又抓了一大把。心里默默地下着保证，最后一次了，再不吃了。如此这般，不知往返多少次，只见麻袋瘪下一小半，我的小肚子被撑得鼓鼓的。当晚，我就受到了惩罚，拉了一整夜的稀。奶奶不明真相，心疼地揉着我的肚子，用蒙古语念念有词："米尼奥恩宝勒啊——万恩帖奥塔（我的孙儿啊，聪明听话的孩子）"。听了奶奶的安慰，我既害羞又"委屈"，不觉地哭出声来。从此我与生花生像结了仇，躲之不及，还经常劝诫别人不要生吃花生。但是只有我自己最清楚，那么多东西装进肚子里，无论什么都是吃不消的。

这便是我对西索木的记忆之一。写这段文字，缘起于最近看了女作家晶达的小说《烧羊粪的浴室》，它让我重新记起这个给我童年记忆很深的所在。晶达写的是当下的西索木，让我感觉已经陌生，谁能想到这么个小地方也会进入二十一世纪，也会有那么多的烦恼，也会经历所谓现代性的洗礼和困扰。但是无论世间如何变幻，无论你知道不知道他们的存在，他们依然会过自己的日子，况且他们的日子与我们的日子本质上没有什么不同，快乐也罢悲伤也罢，永远那么轮回着、生动着。

确实，西索木对我来说已然陌生，就如同我记忆里是"西苏木"一样。为什么一个汉字翻译的变化，会让同一个蒙古语地名发生变异和生疏感？幸好我还记得它原初的蒙古语发音"巴仁苏木"，不然它一定会与我儿时的记忆无法对接，甚至发生抵触。

到了追忆似水年华的知天命年龄，我常常做同样一个梦，暗夜中的我如魂灵般飞临那片草原，但梦中的我只能俯瞰，任凭我如何努力也无法着落。结果常常是让我心痛而醒，老泪纵横。或许西索木是我打开儿时记忆之门的一个锁孔，我可以在时间之门的背面，通过小小的锁孔，追索时光之隙，遥想往事如烟。而那只开启时间之门的钥匙，我却永远也找不到了。

草原深处的"那达慕"

    "那达慕"是蒙古语，游戏娱乐的意思，它是蒙古族传统的大众性集会。我这次参加的是内蒙古呼伦贝尔市鄂温克旗伊敏嘎查①举办的"那达慕"，虽然规模很小，但各种项目一个不落，一般也不邀请外人参与，我算是唯一的外人了。所以，这是真正的草原深处的牧民自己的聚会。

    中午时分，人们放下马鞭，换上崭新的民族服装或者时髦的现代服装，开着汽车、骑着马或者摩托车，从

---

① 嘎查，蒙古语，村的意思。

四面八方汇集到一片平坦的草地上，赛马、摔跤、射箭，还可以恋爱、相亲，人们在放牧劳动之余，尽情地放松自己。这是牧民的节日。

这里没有座椅，也没有主席台，人们席地而坐或者躺在草丛里，嘴里嚼一片马莲叶，或者喝一口65度的"草原白"①。在草原上，任何地方都可以是聚会游乐的场所，只要你有酒和热情。

赛马是"那达慕"的重头戏。人们在翘首期待一场惊心动魄的演出。这时，三个年轻的女骑手，骑着高头大马来到会场，她们的打扮和姿态非常酷，让我想起美国西部片里的牛仔。她们的出现引起了男孩子的骚动。有个骑摩托车的小伙子来到女骑手的马下，似乎是追求其中一个女孩儿，双方经过一番交流，女骑手不时发出一阵笑声，但丝毫没有下马就擒的意思。无奈小伙子只好悻悻离去。我真替小伙子着急，心说：你应该骑一头更高更大的马，那才够威风，本来骑摩托车就矮了几分，再说牧人的恋爱也不是靠嘴皮子的功夫呢。

---

① 草原白，一种草原上酿造的高度白酒。

突然，大地一阵颤抖，远方灰尘滚滚。在一片欢呼声中，比赛的马队狂奔而来，跑在前面的是一匹漂亮的枣红马，缎面似的马背上没有马鞍，只有一个被太阳晒得黝黑的小男孩儿。他挥鞭驱马的动作起初让我担心，最后却是由衷地赞叹。我知道，草原上的赛马是不分年龄的，也不需要马鞍，有的只是勇敢和智慧。

　　最终，这个名字叫呼其图的十岁小男孩儿冲过了终点，获得了五千米赛马的冠军。我没有再见到这个小男孩儿，因为他被人用摩托车载着绕场一周游行庆贺。他的父亲举着冠军的名次木牌走到我的面前，骄傲得就像举着古代成吉思汗的令牌一样。人们羡慕他的马，更羡慕他的儿子。在草原上，如果有一匹好马，再有一个出息的儿子，草原就真的属于他了。

　　下午，当我们准备离开的时候，发现我们的车前保险杠上已经拴了一匹马。哈哈，在草原上，任何东西都可以成为拴马桩，哪怕你是吉普车。我没有找到马的主人，便把缰绳解开，让它也可以像主人一样放松放松，去吃最新鲜的牧草。

马汗踏雪泥，大漠白草稀。

故人乘骑去，泪冷霜胡笛。

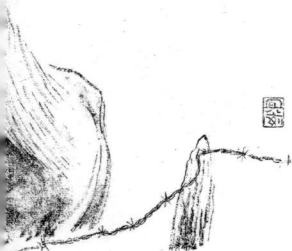

每一个深刻的灵魂都需要一张面具

——张洁的自画像

　　作家张洁画画的出发点与众不同，她无关闲情逸致，也非文学写作之余的填充和映衬；她画画完全是发自内心的需要，一种对现状的反抗，是一个将多半生献给文学并被无数荣誉压身的写作者对文学乃至文字这种表述工具的怀疑、失望与反省。应该不是巧合，她将她迄今为止最重要的作品取名《无字》，虽洋洋90万言，却通篇是一种无法言说、无法表述的痛苦与绝望。当沉默比言说更有力量的时候，它得出的结论绝不是对言说的否定，而是守护。在她剔除了几篇自认为早年的不满意之作，比如《爱，是不能忘记的》——这篇小说曾经家喻户晓，至少影响了中国的两代人——并从电脑上删除了一部未完成的长篇小说之后，张洁决定终止写作，彻底与文坛告别，开始她单纯而心无旁骛的油画创作生涯。评论家李敬泽曾把这种决绝看作是《无字》之后的"无字"："在《无字》之后，张洁用画、用线条和色彩与这个世界对话……"但我以为，这与其说是与世界的对话，毋宁说是张洁对世界的缄默，她希望用无声的具象与抽象远离这个世界的喧嚣和浮华。所以，我把张洁的选择当作是她在文学或文字之后，发现并找到的另一种表述或存在方式。

因为最早看张洁画画，并与她有过多次的交流，我对张洁的油画作品有一定的了解。如果用传统的题材分类，张洁的作品可分为风景、静物、动物和人物肖像等。但这些作品无一例外地都没有标题，只以时间标注和英文签名，这也正应了她"无字"化的本意。在她的所有作品中，自画像无疑是最重要的组成部分，也最值得我们仔细研究和解读。我们知道，在西洋绘画史上，自画像占据了非常特殊的位置。从丢勒到伦勃朗，从卡拉瓦乔到蒙克，从珂勒惠支到弗里达无不如是。而凡·高的自画像尤为重要，假如凡·高没有画过自画像，便不是现在的凡·高，他成为世界上最著名的艺术家也是不可想象的。当然，张洁的自画像并非传统意义上的自画像，而是更接近现当代意义上的自画像。所以，她很少承认或者强调哪一幅是自画像，她更倾向用"肖像画"这个词，而且她尽力淡化肖像的写实性，以及面孔与创作者的近似度。

张洁的自画像我印象最深的有三幅，即《2014》《2011》《2014.2》。《2014》画的是一个光头女人，鼻子、嘴和下颌上扬，一种典型的冷峻高傲姿态，但她的目光却是平视的，眼神中隐含着既矛盾又有所期待的柔光，并与背景和远方的蓝色融为一体。作品的构图颇有意味，一般艺术家画头像，大多采用立式的构图，而张洁却偏偏采用横式的构图，且头像紧靠右侧，占据画面不到一半的位置。这是源自中国传统水墨中的空白？抑或是作者本想在人物的对面画--个什么与之呼应而最终放弃？似乎都不是。我曾试图在电脑上对这幅作品进行合理地剪裁，但得到的效果总是不如之前。作品的最精彩之处，我以为是那高高的前额和前倾的下颌，一上一下，两条优美的弧线，构成了画面整体的平衡，而两条弧线的相交点，恰恰就是我们所追求的黄金分割的C点。这当然是张洁天然的直觉所造就的特殊的艺术效果，却给我们谜一般的回味。

第二幅是《2011》，这幅作品从来没有被张洁认可为自画像，但我却非常看重它。我曾经在《她是个神》的文章中专门分析了它的创作过程和潜藏的寓意。画面是"一个穿着中式侧盘扣上衣的女人，隐约和虚实之间，如一个旧时代的幻影。她的眼神尤其让我感触，侧眼斜视，有妩媚、有柔韧、有宽容、有率真。不知为什么，在这幅未完成而在我看来已经完成的作品面前，我恍惚看到了两个时代的女性，一个是年轻时的母亲，一个是长大后的女儿，两个不同时代的母女在同一个年龄的时间奇妙地重合。这恐怕是天意之作，超越技巧，超越艺术，它是张洁潜意识的一种流露和实现，可能她自己都没有发觉。这幅画让我想起已然远去却在张洁心中永远牵挂的'世界上最疼我的那个人'，也让我想起那个'在五十四岁的时候成为孤儿'的张洁自己"。这幅作品色彩非常单纯，近乎模糊了油画与素描之间的界线，寥寥数笔，终成杰作。幸亏当时这幅作品没有被作者涂掉，让我们能够看到张洁内心中真实的柔软之处。

最引发争议和让人震惊的自画像是张洁的《2014.2》。这是一幅具有表现主义风格的作品。画面粗粝、夸张，极富冲击力，用现代主义自画像理论来解释，与其说这是画家自己的面孔，不如说是一副面具。主调的红色与暗影部分的绿、蓝、黑和些许的白，形成冷与暖的强烈反差。红色仿佛燃烧中的火场，侵吞或熔化着周边的绿树与冰床；红色又似喷溅的鲜血，浸染和流淌于绿地与城墙之间。这种红还是带有原型意义的红，它让我想起蒙克的《地狱里的自画像》，或者马琳·杜马斯的自画像《平庸的邪恶》。而面具般的脸孔，又让我想起杜马斯的另一幅作品《内奥米》。此刻我感觉这三幅大师的作品好像就是为了图解和佐证张洁的这幅跨越时间的作品而产生并存在。如果说前面两幅张洁的自画像具有显著的女性特征或女性意识，那么这幅作品是超性别化的或者说是雌雄同体的观念在张洁的绘画中的深层展现。对这幅作品我们当然可以有多种的解读，我甚至在这副复杂的面孔中发现了许多人物的影子，比如它的眼睛，左边我认为是普鲁斯特（《追忆似水年华》的作者），右边应该是福克纳（《喧嚣与骚动》的作者），而两只眼睛合并一起又是受难与复活中的耶稣，眼神充满了悲悯、救赎与呐喊。嘴也是这幅作品的一个焦点，如果说脸庞和眼神具有男性或者中性特质，那么嘴唇则完全代表了女性化的特征。线条细腻柔美，既性感又傲慢，逼真准确的造型与画面整体的粗犷和面具化形成鲜明的对照，这种反差也恰好印证了尼采在《善恶的彼岸》中的一句名言："每一个深刻的灵魂都需要一张面具。"它是对虚假与肤浅阐释的抵抗。从张洁对这幅作品的偏爱程度来观察，它恰好集中表达了张洁对世俗与庸俗世界的蔑视和疏离。

弗洛伊德曾将自画像分为三种，即潜意识、伪装式和替代式。文艺复兴时期还有一种理论，认为"每一位画家画的其实都是他自己"。从这个意义上说，张洁笔下的所有作品都可视为她的自画像。比如她画的山岩、敞开中的门，还有那只昂首远眺的美丽的猎豹，甚至汽车，都是她自画像的曲折的或者说另类的一种体现。她画过几次老旧的汽车，车轮陷在杂草之中，车体斑驳破败，这使我想起我曾经编辑过的她的最新一部散文集《流浪的老狗》。老狗当然是她的自嘲，是对自己孤身周游世界、漂泊流浪的一种心境写照，而破车的处境也该是她对身处当下社会的无奈与孤独的一种隐喻。

以上是我试图从张洁自画像的角度，透过她诗意而富有视觉冲突的艺术语言，揣度张洁油画作品与其个人内心之间的关联。当我为了写这篇文章，重新审视张洁这一系列自画像的时候，我不觉地记起法国画家库尔贝的一句话："在你所知道的这个笑着的面具背后，我藏起了悲伤和痛苦，还有那吸血鬼般攥着我的心灵的哀伤。在我们所生活的社会里，不费吹灰之力便可触摸到空虚。"这句话某种程度上代表了我对张洁自画像的感受和思考。

6月25日今日美术馆，张洁的自画像作品《2014.2》将在"梦笔生华：中国当代语境中的文人艺术"展中特别推出，我希望这幅神奇的作品唤起更多人的关注，忘掉我们已有的艺术观念，把它作为一件陌生的作品，一个心灵的符号——通过象征与暗喻、看与被看之间的转换，安静且虔诚地领悟、体验张洁绘画的艺术魅力。我相信张洁的自画像也在同一时间寻找并凝视着这幅画的某个未来的观众。

她是个神

张洁是个神。这是一位年轻女作家在我微信中的留言。我当然知道这种说法的夸张，张洁自己也不会同意，甚至留言者也明白自己在说什么。但是，我知道，这是晚辈作家对张洁先生表达的一份尊敬和爱戴。

张洁一直是我最敬重的作家之一，早在大学时代我就读了她的短篇小说《爱，是不能忘记的》。她的另一篇《谁生活得更美好》是我在收音机里听的广播小说，当时曾深深地打动了我。但是，这两篇小说，还有几篇获得过全国优秀短篇小说奖的小说，比如《条件尚未成熟》等，都被她排除在她新近出版的十一卷本的《张洁文集》之外，毅然决然地与它们断绝了作者与作品之间的关系。她在文集的序中写道："不记得我写过多少文字，却记得写过的那些不值得留存的文字。文集的出版，给了我一个清理的机会。如果将来还有人读我的文字，请帮助我完成这个心愿——再不要读已然被我清理的那些不值得留存的文字，更不要将它们收入任何选本。"就这个问题，我曾与她争论过多次，她却始终对这些作品无法达成谅解，她甚至说它们不是小说，艺术质量不过关。我或许认可把《谁生活得更美好》排除在外，但《爱，是不能忘记的》应该保留，这篇小说已经是新时期乃至中国当代文学史上无法回避的重要作品，它对20世纪80年代的思想解放，尤其是女性的婚姻爱情观念的变化与进步起到了非常大的影响。当然，文学史也肯定不会因此而忽略这篇小说，因为一部作品一旦公开发表，它就属于全社会。但是，作为一个作家能够在她活着的时候，反省自己，将自己认为不好的作品与自己切割，用现在时髦的词叫"断舍离"，这恐怕在世界文学史上也极为罕见。我只知道卡夫卡曾经试图将自己所有的作品付之一炬；斯蒂芬·金的第一部小说《魔女嘉莉》曾被他扔进纸篓。但这就是张洁，写了一辈子小说，几乎获得了国内所有的重要文学奖项，却在七十岁的时候开始怀疑文学，质疑自己的写作，这确实令我辈凡夫俗子难以理解。与此同时，她又开始迎接新的挑战，在从来没有绘画基础训练的情况下，学习油画创作。作家在进入老年后开始练习写字和画水墨，以此修身养性，这种例子很多，以至成为时髦。但张洁偏偏选择了西洋油画，这种更需要体力和挑战性的工作。敬泽说："很难想象一个提着毛笔画几根竹子涂几笔山水的张洁，画油画的张洁才是张洁，……油画至少让她不用跟这个世界再费口舌解释或者争辩。"这就是张洁——孤傲、自信，绝不妥协，更不随波逐流。

听说我少年时期学习过油画，并知道我对西洋绘画有所偏爱，张洁常邀我去家里聊天，并对她的画提出意见。她的第一幅画（她不愿意给自己的画标题，只注上日期，这幅画完成于2006年3月，是我看到的她最早的一张画）就让我大吃了一惊。画面大约是一个暗红色的山体，黑色的岩石隐没其间，山的顶部覆盖着白色的积雪，水流顺势交织而下。这当然是我个人对这幅画的印象。画面的色彩对比强烈，富有表现主义的风格，我们可以把它想象成是一个火山遗迹，内里却依然岩浆奔涌，蓄势待发。也可以想象成是火星的表面，经过漫长的时间的积淀和进化，凝聚着人类无数的想象与渴望。虽然张洁反对将她的画具体化，但我确实在这幅画中看到了时间与空间的交糅，冷寂与热情的冲撞。她最爱画的是豹子，一幅是昏黄的落日下，荒野中，一只孤独的豹子与你对视；另一幅则是豹子华丽而冷傲的回眸。不止一次听张洁说她喜欢豹子，机敏、高贵，所以，我相信它是张洁自身的写照。

2013年年初，我建议她举办一次个人画展，我代她组织和联络。后来铁凝主席听说后，专门给我打来电话，希望展览由中国作家协会主办，由中国现代文学馆承办，具体请敬泽主席主抓落实，我则负责展会画册的编辑、设计和出版。2014年10月，展览开幕那天简直就是文学界的节日。众多喜爱张洁的朋友从四面八方汇聚到文学馆。铁凝还专门从家里带来了红酒为大家助兴。张洁破例满足每个人的合影要求。要知道张洁是非常反感拍照和摄像的，已经很多年拒绝拍照了，我曾几次劝说她为她拍几张肖像或画画时的工作照，她都谢绝。那天大家畅谈文学和艺术，欢声笑语，觥筹交错，久久不肯散去。因为大家知道，这一别，张洁将远赴美国与女儿一起居住，已经年近八十岁的她恐怕很难再独自回来。

大家对张洁的画给予了相当高的评价，铁凝和敬泽专门为她的画展写了序言，诗人西川还写了评论。北京作家协会主席刘恒也非常关注张洁的画，专门约我陪他看了展览。刘恒尤其喜欢《2012.4》那一幅。他说："这幅画让我想起了雅斯贝尔斯的存在主义哲学。斑驳的海岸和遥远的地平线，使人产生对生命、生存和时间的感悟。"确实，那个隐隐约约的地平线仿佛就是"此在"与"超越存在"的界线，让人有无限的想象和思考。

她还画了很多女性的形象，那幅《2014》的侧面头像是她最珍视的一幅作品，海蓝色的背景衬托一个光头的女人，高高的额头，扬起的下颌，给我们一种傲视沧海，跨越世俗的姿态。这一定是张洁的自喻，或者是她渴望的一种境界。我则喜欢她的另一幅《2011》的作品。记得这幅作品险些被她废掉。一天，我去看她，见到了支在画架上这幅画，画面看似一个简练的构图，涂了些淡淡底色。那是一个穿着中式侧盘扣上衣的女人，隐约和虚实之间，如一个旧时代的幻影。她的眼神尤其让我感触，侧眼斜视，有妩媚、有柔韧、有宽容、有率真。不知为什么，在这幅未完成而在我看来已经完成的作品面前，我恍惚看到了两个时代的女性，一个是年轻时的母亲，一个是长大后的女儿，两个不同时代的母女在同一个年龄的时间奇妙地重合。这恐怕是天意之作，超越技巧，超越艺术，它是张洁潜意识的一种流露和实现，可能她自己都没有发觉。这幅画让我想起已然远去却在张洁心中永远牵挂的"世界上最疼我的那个人"，也让我想起那个"在五十四岁的时候成为孤儿"的张洁自己。终于，在我的说服下，张洁保留了这幅画的原样，并在她的画展上展出。

2013年，张洁将她目前为止最后一本书交给我出版，书名叫《流浪的老狗》。这是一本游记性随笔，配有大量的自己拍摄的图片，记录了她独自一人周游世界的经历。所谓周游世界，其实都是一些国人不大了解也不屑于去的陌生角落。她在书的前言中写道："有人生来似乎就是为了行走，我把这些人称为行者，他们行走，是为了寻找，寻找什么，想来他们自己也未必十分清楚，也许是寻找心之所依，也许是寻找魂之所系。行者与趋至巴黎，终于可以坐在拉丁区某个小咖啡馆外的椅子上喝杯咖啡，或终于可以在香榭丽舍大街上走一遭，风马牛不相及。行者与这个世界似乎格格不入，平白地好日子也会觉得心无宁日。只有在行走中，在用自己的脚步叩击大地，就像地质队员用手中的小铁锤，探听地下宝藏那样，去探听大地的耳语、呼吸、隐秘的时候，或将自己的瞳孔聚焦于天宇，并力图穿越天宇，去阅读天宇后面那本天书的时候，他的心才会安静下来。……他的收获就是一脚踏进了许多人看不见的色彩。"这便是张洁写这本书的主旨。她曾和我说过，她的稿费大部分都花在行走上了，从不买名牌之类的奢侈品。而一旦决定出发，她就会穿上自己最破旧的"行头"上路，像一个云游四方的流浪者。这样既是为了安全，也是为了防止小偷的光顾。她自嘲说："谁会偷一个看上去比自己还穷的穷人呢？"在她的笔下，你很难看到宏大叙事或者时尚文字，有的都是不出名却很有特色的小教堂、小咖啡店、小农具博物馆，以及老式家具和拴马环等等。她以她的文学家的敏锐眼光，聚焦城市或乡村的细部和角落，探寻着人类繁华历史的另一面。而摆在门外的南瓜、爬在柱子上的蜥蜴、草丛中的螳螂、路边的流浪猫、湖畔的飞鸟，还有山间的羊群也会让她记下自己一瞬间的感动。

　　这本书让她获得了《北京青年周刊》2013年"红人榜"的"年度作家"奖，主办方要我和导演袁鸣为她颁奖。看到银发熠熠的张洁从一排排的娱乐明星中站起，走上主席台，我恍然有一种时空穿越的感觉。我相信在座的明星，她肯定一个都不知道，那些明星也不会有几个知道张洁这个名字。他们活在一个世界，却存在于两个精神空间。强烈的聚光灯下，在众目睽睽中，她笑得漂亮，笑得从容，笑得义无反顾。我不记得她在答谢辞中说了什么，但我敢肯定她不是为这个奖而来，也不是为文学而来，她是为了一次漫长告别的开场。半年后，当张洁在画展上说出"就此道别"的时候，很多喜欢她的朋友依然不相信自己的耳朵。张洁真的要走了吗？我们的传统不习惯这样的道别，我们的作家恐怕也没几个敢这样宣布自己从此离开公众的视野。

前几天，因为《时代文学》杂志的"名家侧影"栏目准备为张洁做一个专辑，我给张洁写信，征求她的意见，并询问她的近况，她给我的回信简洁而平静：

兴安，我十分懂得你的情义，不愿我被人忘记，尽管我希望人们忘记我，但你的这番情义，还是应该感谢的。

我是越待越懒了，也画画，但自己不满意，所以现在撕画成了常态。

因为距离哈德逊河只有一百多米，河堤上是林荫大道，虽然烈日炙热，但树荫浓密，树下是一个接一个的长椅，我很多时间都消磨在河堤的林荫大道上了，什么也不想，就是坐看河上的风景。

过去的一切都远离了我，就像没有发生过，也毫无遗憾之感，人到了这个地步，也真奇怪了。

祝好！

张洁

她多次说过她不相信任何宗教，但是她赢得了比宗教更纯粹的心情。在远离故土的异国的树下，在不同方向吹来的风中，她忘记了往日的辉煌和仇恨，只留下了宁静和爱，她能在路边的小狗干净的眼神注视中，感受洗涤自我灵魂的快慰。她坦然接受生命尽头的事实，无畏于离开世界的空白和虚无。不以荣辱为羁绊，不以生死而喜悲。这就是张洁，一个完整的张洁，也是一个神话般的张洁。

我记忆中的汪老

　　我12岁的时候见到了汪曾祺先生。当时我还在故乡呼伦贝尔，时间大概是1974年夏天，汪老，还有剧作家杨毓敏先生以及广和剧场的周先生来呼伦贝尔草原深入生活。后来我才知道，他们是接到上面的任务，准备将蒙古族作家乌兰巴干的长篇小说《草原烽火》改编成京剧。我父亲负责接待他们。当时汪老还没有写出《受戒》和《大淖记事》，只知道他与杨先生一起参与了现代京剧《沙家浜》剧本的创作。

　　当晚，父亲请他们吃饭。那个年代，海拉尔（当时呼伦贝尔盟的政府所在地）几乎没有什么饭店、餐馆，只记得有一家国营饭店叫胜利饭店。父亲没有钱在饭店请客人吃饭，只能在家里设宴，由我母亲炒菜，喝的酒也是本地的散装白酒。那一晚大家都喝得很尽兴，汪老还特别夸赞我母亲做的韭菜炒鸡蛋好吃。

第二天，父亲带着他们去鄂温克旗的锡尼河草原，我也跟着去了。当时应该是6月，天高云淡，风清气爽，正是鲜花盛开的好时节，草原上开满了黄色的金莲花，金灿灿的，耀眼夺目，几乎把整个青翠的草原覆盖。

草原的路悠长而颠簸，一行人坐在车里，身体随着车身的晃动，左右摇摆。但每个人都异常兴奋，眼睛望向窗外，惊叹不已。只有汪老静静地看着窗外，若有所思。父亲看着汪老，问道："汪先生，您也是第一次来草原吗？"汪老微微一笑，点头。父亲曾在盟里的报社做过记者，经常下乡，对草原非常熟悉，也结交了不少牧民朋友。他给大家介绍着草原的自然环境和蒙古族的风俗习惯。他还讲了一个自己亲身经历的惊险故事，这个故事我至今记忆犹新。

差不多是五年前的深秋，父亲与同事骑着三轮摩托车到鄂温克旗的好力堡大队采访。太阳落山后，天色渐渐黑下来，两人采访结束乘着摩托车往回赶。走到一个叫砖厂的山坡下，摩托车突然熄火无法启动了。这时远处传来几声狼的嚎叫，往山上看去，只见山上一片像鬼火一样的绿光。父亲回忆说，他当时感到头发和浑身的汗毛都竖起来了。父亲对狼并不陌生，在草原上行走，你经常会迎面碰到一只狼，狼一般会停顿一下，感觉没有危险，就像狗一样，从你身边走过，人与狼互不打扰。但是眼前这么多的狼，父亲还是第一次见到，内心感到了一阵恐惧。狼群逐渐逼近，有秩序地包围过来。父亲却镇静下来，他知道狼是怕火的，于是父亲率先脱下身上的秋衣秋裤，打开摩托的油箱盖，将衣裤蘸上汽油，点燃后举在手里，一边喊一边摇晃。狼群像被炸开一样，四散而逃。可是没多一会儿，狼群又逐渐围拢上来。父亲知道，只要我们一直烧着火，狼就不敢靠近。两个人几乎脱掉身上所有的衣服，浇上汽油，拢成三堆篝火，形成一个防护圈，熊熊的火苗映红了草原。狼群在不远处，有的焦躁不安地来回走动，有的扬起脖子嚎叫，有的龇着利牙贪婪地盯着他们。双方僵持不下，脱下的衣裤也渐渐烧成了灰。我父亲说，幸好是秋天，干草在汽油的引燃下，可以让火一直延续下去。天终于亮了，一辆运奶车从远处开过来，狼群逐渐散去。两人终于脱离险境。

这时，我们坐的车正好经过那座山坡。草原上很少有山，但凡有山的地方一定很美。大家齐头望向右边的车窗。只见山坡的造型圆润平缓，一头头黑白相间的花奶牛悠闲地吃草，远处像云朵一样移动着白色的羊群。一派平和安宁的北方田园景象，仿佛我父亲经历过的那个恐怖之夜压根儿就没有发生。

恰好这时，我不争气的肚子咕噜一声响，把大家的视线一下拉回到现实。汪老回过头，笑看着我："小家伙看来是饿了。"我不自然地想掩饰。可汪老继续说了："车颠簸起来很容易消食的，其实我也饿了。"说着，转头对我父亲说："老特，我给大家即兴说句打油诗吧，或许能给大家解解馋。"说着，他清了清嗓子，高声朗诵道："草原的花真好看，就像韭菜炒鸡蛋。"逗得全车人一阵欢笑。杨毓敏先生的笑声最为爽朗洪亮，他一边笑一边夸赞道："老汪，你还别说，你这一句诗还真让我闻到了韭菜炒鸡蛋的香味。"

之后很多年，每当我吃韭菜炒鸡蛋的时候，都会想起这首打油诗。后来读了不少汪老写美食和关于草木的闲情文字，越发对他的人生态度和文学理念产生敬意。记得他在送我的《汪曾祺自选集》自序中写道："我所追求的不是深刻，而是和谐。"这里当然还包括他的诙谐和幽默，我想这也是他与很多作家不同的地方，也是他文学生命得以长久不衰的缘由。

那次草原之行给我的最大收获，除了这首打油诗，还有就是一张我与汪老的合影，虽然照片上人很多，有我们一行人，还有一家接待我们的布里亚特蒙古族牧民。第二天，父亲又陪他们去了林区敖鲁古雅鄂温克猎民乡，我因为上学没能同行。

说来真是有缘，两年后，我们举家搬迁到北京，我在这里上中学，考大学。毕业后的第一份工作竟然是在北京文学杂志社。汪老曾经在《北京文学》的前身《说说唱唱》任过编辑部主任，他的重要作品《受戒》和《大淖记事》也是发表在《北京文学》。在《北京文学》当编辑，使我有更多的机会见到汪老，聆听他的教诲。1986年汪老发表在《北京文学》的短篇小说《安乐居》

就是我去汪老在蒲黄榆的住所取的稿子，并参与了这篇稿子的编校工作，记得还是漫画家丁聪先生画的插图。

而最让我感到遗憾的是，我竟然没能收藏他的一幅画或者一幅字。当年我多次领着外省作者去他家里拜访。有一次，我曾带着一个年轻作家（他是汪老小说狂热的追随者），他就拎着两瓶二锅头酒，换走了汪老的一幅画。作为一个写作者，画画只是他的一个爱好，他高兴有人欣赏他的画并把自己的画无偿地送给朋友，甚至陌生人。好在，我得到了他的两本书，一本是签名的《蒲桥集》，一本就是前面提到的《汪曾祺自选集》第一版，他还用毛笔在扉页给我题了一首诗："顿觉眼前生意满，须知世上苦人多。"这两本书我一直保留在身边，随时打开阅读，成为一段美好的回忆。

说到汪老的画，我觉得他受到八大山人、扬州八怪的影响很大。但是他又有自己的感悟和变化，不像八大或八怪那样透着苦涩、冷傲的风格。汪老的画有新派文人画的味道，清新、性情、平实而又耐看，表现了新时代文人朴素的乐观主义精神。

1997年，汪老突然辞世，我去参加葬礼，给我印象最深的就是播放的音乐，不是让人悲伤的哀乐，而是圣桑的大提琴曲《天鹅》，深沉而悲怆，不同凡响。后来我每次听到这首曲子，都会想起汪老，往事历历在目。

不久前，父亲也因病离开了我们，终年78岁，与汪老差不多同一个年龄离世，其间相隔20年。我们父子两代人与汪老的情感，将一直留存在我的记忆之中。

写到这里，我忽然想起汪老为我爷爷的墓碑撰写挽联的往事。据父亲回忆，我爷爷在我父亲6岁的时候就因病离开人世。那时故乡还在日本人的铁蹄下，家里穷得买不起一口棺材，就随便埋在了一座山坡上，连墓碑也没有留下。20世纪90年代中期，父亲回到故乡遍访了当时的知情者，在大概的位置上修了一座墓，然后立了一块石碑。当时碑文上应该写什么难倒了父亲和我，于是我想到了汪老。汪老得知情况后很快就琢磨好了词句，电话告诉了我，让父亲十分感激。汪老写的挽联是："恩抚有日，功德无涯。"4年前我陪父亲去祭奠爷爷，在蓝天白云之下，爷爷的大理石墓碑立于郁郁葱葱的山坡之间。"恩抚有日，功德无涯"几个字依然醒目。

　　恍然间，汪老离开我们已经二十年了，我终于完成了这篇我一直想写的文章，算是对汪老的纪念，也是我们父子两代与他交往和情感的见证吧。

逝者永在，生者长思

2009年4月11日，作家林斤澜走了。那天在八宝山举行告别仪式。我几乎是最后一个走进灵堂和林老做最后的告别的，所以我有时间多看了他一眼，把一朵黄灿灿的菊花轻轻放在他的身边。

林老是那种即使离开也不让人相信他真的离去的人，他的笑声是独一无二的，满含着达观、幽默、健康、机智、深邃和神秘。而且他的笑似乎是带着永久回响的，它保留在喜爱他的人的耳膜里、刻在人的记忆中，甚至思想的深处。当工作人员将林老的脸用党旗盖住准备火化的那一刹那，有人哭着惊叫道：看，他还在笑呢。可当我看时，他已经被那冰冷的棺盖永远地和我们隔离了。我想，如果林老真的笑了，那一定是他最后对尘世的一丝嘲笑。回来的路上，有朋友说：林老终于可以和他最好的文友汪曾祺老在天堂里一起喝酒聊天了。我相信这真的有可能。

林老曾任《北京文学》的主编（1986年至1989年），我作为他的手下有幸多次聆听他的教诲。那个我经常引用的高尔基与托尔斯泰对比恐怖梦的逸事就是他亲口讲给我听的。记得有一回，我去当时他在西便门的家里聊天，他非常高兴，拿出一瓶马爹利酒，给我足足倒了一杯，自己也倒了半杯。我们畅谈文学、人生，还有那些难得的文坛趣事。喝得非常尽兴。我喜欢听林老讲话，林老也喜欢我这个听者。后来我陪他去过湖北讲课，爬过武当山，还与他一起登过泰山。当我翻开20年前的旧相册，那些往事和他的音容笑貌历历在目。1999年底我离开《北京文学》后与他逐渐联络少了，但在一些文学的聚会上还能经常听到他那独一无二的笑声，他对我的关注和关怀依然让我感动。2008年，我主持编辑出版了他的自选集，厚重的一大本。这可能是他一生中出版的最后一本书，也是最漂亮的一本书。老人家非常高兴，可惜那天我因为临时出差没能亲自把书送到老人手里，后来也没有时间去看望他一次，这成了我终生的一个遗憾。

在告别会上放的是一首国外的歌曲，我一时没想起来是哪一首，是男中音，非常地抒情、深远，这使我想起当年汪老的告别会上，播放的是圣桑的大提琴曲《天鹅》。我想这两首曲子应该都是两位老人生前最喜欢的音乐，两位老人以各自的乐观方式，拒绝了哀乐，在音乐的选择上达成了默契，从而也让我们永远地记住了这一刻。

说不尽的刘恒

认识刘恒快三十年了，作为曾经的同事和他小说的责任编辑，我只写过他一篇文章，还是在二十多年前。有时候特别熟悉的人反而不知道从何写起，因为一想起往事，各种记忆像开闸的水一样涌满眼前，让人很难落笔。1985年我大学毕业，来到北京文学杂志社小说组工作，刘恒也在这里当编辑，那时候他还没有戒烟，瘦高，经常是窝在一只老式的沙发里看稿子，手里掐着烟头，嘴里不时喷云吐雾。据说，那个沙发老舍、杨沫、汪曾祺、王蒙等前辈作家都坐过，我相信刘恒是沾过他们的仙气，因为他们都在这里做过文学编辑。

假如刘恒没成为著名的作家，那他肯定也是个非常优秀的文学编辑，不少作家和作品是经过他的手而为人所知的。北方有个作家，他的短篇小说就是经过他一个字一个字的润色删改而发表的，后来这篇小说获得了当年的全国优秀短篇小说奖。一个编辑帮作者改稿子，并且他的修改能让作者有所感悟，由此走上一个新的台阶，这样的编辑才是真正的好编辑。我也是受到过他鼓励和帮助的一个作者，当时我写一些小说，经常请他看，他每次都非常认真地阅读。记得我写过一篇模仿美国作家纳博科夫叙述风格的小说《做贼》，其中用了很多解释性的括号，他觉得这种表达挺有意思，并对标点在括号中的使用与我探讨，让我受益匪浅，后来这篇小说发表在了《青年文学》上。

20世纪90年代中期，他的两部小说《黑的雪》《伏羲伏羲》已经分别被导演谢飞和张艺谋改编成了电影《本命年》和《菊豆》，短篇小说《狗日的粮食》也获得了全国优秀短篇小说奖，他已经是个很有名气的作家和编剧了。我接了一部电视连续剧的写作。头一次写剧本真是无从下手，我拿着写好的草稿请他帮忙。第二天，他竟然帮我修改了近半集的戏，有的部分几乎是他重新写过。这种言传身教的帮助让我对戏剧有了非常深刻的领悟，使我顺利完成了这部剧本的写作。他不仅在工作和写作上帮过我，并且在生活中也是如此。记得有一次我搬家，他听说后主动来帮忙。我家里有个衣柜很高，电梯装不下，只好从楼梯往上一点一点扛，他和我的姐夫一起愣是将衣柜扛到了十二层。最后，还是他将楼下剩余的一些小杂物，装满一个兜子里送上来，替我做了搬家的收尾的工作。

或许是从小家境比较贫寒，他养成了非常勤俭的习惯，甚至到了在我看来对自己吝啬苛刻的程度，不光不乱花钱，兜里也几乎从不揣钱。当时我们俩经常一起骑着自行车下班，经过菜市场，他总会从我这里借几块钱买菜回家。直到他的小说改编成电影挣了不少稿费后，有一次，我俩像往常一样骑车回家，突然，他叫住我，说："今天我请你吃雪糕。"我几乎不相信自己的耳朵，但是我确实吃到了他买的雪糕，而且是最贵的"和路雪"。我相信那是我们俩吃的最香的一次雪糕，至少对我来说是这样。成名后的他依然是不忘本色，几乎没打过出租，即使是参加重要的活动，他也是坐地铁或者骑着他那老旧的二八自行车，为此他还经历了一次险情。他与我相约去"文采阁"参加一个文学策划会，我本想打车过去，可他偏不肯，只好一起骑车前往。中途他感觉车前叉有点儿不对劲，就找了个修车铺检查，修车的师傅吓了一跳，说：幸亏你来得及时，不然前叉断了会出人命的。现在想来都有些后怕，如果那天真出了事，我们还会看到他后来给我们贡献的著名的小说《贫嘴张大民的幸福生活》，以及电影《秋菊打官司》《集结号》和《金陵十三钗》吗？

在中国文坛混迹这么多年，我也算是一个亲历者。我看过太多一个作家成名或者当官后的变化，有些嘴脸甚至让人陌生和躲之不及。刘恒当然也有变化，但是他是变化最少的一个。因为我了解他早在写《狗日的粮食》开始就是一个冷静的或者说是悲观的写作者。他对人的本性之善恶早就有所准备和警惕。而这种冷静悲哀的世界观在他的代表作中篇小说《伏羲伏羲》中被发挥得淋漓尽致。或许在他看来，人性本质是黑暗的、阴冷的，它可能潜存在人类意识的深处，一旦有机会，它就会释放出来。而短篇小说《拳圣》则是他写人性恶的极致。相反，他作品中的女性形象却多数是可爱的，或者是让人怜惜的，即使是她们的反叛和愤怒，也是源自她们的人性之善。比如《狗日的粮食》中的"瘿袋"，《伏羲伏羲》中的菊豆，还有《贫嘴张大民的幸福生活》中的李云芳等等。在现实中也是如此，他对女人充满了尊重，与女孩子说话，总是态度谦和，微笑面对，绝不会出口恶俗的玩笑和露骨的言辞。不少读者因为看了他很多涉及性爱的小说，对他的私生活充满好奇，也有人向我探听过这个问题。我告诉他：真正坦然写性的作家，在个人生活中往往是保守和有节制的，他把他对性的想象和理解转化成了艺术，而那些在写作中不敢坦然面对性的人，在个人生活中，可能往往很难经受诱惑。中国古代梁简文帝萧纲的《诫当阳公大心书》有说："立身先须谨重，文章且须放荡。"我深信这个道理。况且对性的理解也分不同的档次，又如《易经》所言："形而上者谓之道，形而下者谓之器。"所以，我敢说，刘恒是国内少有的没有绯闻的作家之一，因为他早已参透了性与爱的本质。

1996 年，我出任《北京文学》杂志的副主编，他成了北京作家协会的驻会作家。他的家就在我办公室的楼上，我经常会去他家里聊天。他也会把最新写好的小说给我看。当时约他小说的杂志很多，所以，我常以我是他小说的第二个读者而感到窃喜，因为他的第一个读者永远是他的夫人。他给我稿子的时候总要希望我提些意见，让我觉得满意才可拿去发表。那个时候，很多作家都开始用电脑写作了，而他始终用传统的墨水钢笔写作，一笔一画，蝇头小字，如有修改的地方，他都会重新誊写一遍稿纸，所以他的稿子永远是干干净净，散发着墨水的香气。几年里，我亲自当责任编辑发表了他的三篇小说《天知地知》《拳圣》和《贫嘴张大民的幸福生活》。其中《天知地知》获得首届鲁迅文学奖，《贫嘴张大民的幸福生活》获得首届北京市文学艺术奖，并被改编成电视连续剧，成为当时最受老百姓欢迎的电视剧。

2003 年，刘恒被推举为北京作家协会主席，后又被选为中国作家协会副主席，并当了北京政协委员。他的电影剧本写作也达到了巅峰状态。先后写了电影《云水谣》《集结号》《张思德》《铁人》《漂亮妈妈》《金陵十三钗》及话剧《窝头会馆》等剧本，获得过国内和国际的无数奖项，被誉为"国内最成功的电影编剧"。多次与刘恒合作的导演张艺谋对他的评价是："刘恒是当今中国最好、最认真的编剧。"成了大腕，除了创作，事务性的工作也多起来，但是他依然保持低调，保持自己的个人时间与空间。这些年我与他见面的机会并不多，但每次见面我们都彼此非常高兴，而且肯定要聊一些家常。一开始我还有些不自然，因为我对发迹或当了官的人总是敬而远之。可是他真实的微笑和热情的问候打消了我的顾虑。我知道他是个不忘记旧情的人，更不是个用虚假的应付对待朋友的人。我们都老了，他已接近花甲，我也已经过了知天命的年龄，我们永远也不可能回到那个一起骑着自行车吃雪糕的岁月。

他做的最让我感慨的一件事是他倡议并亲自主编了"老编辑文丛"，这套书选编了曾在《北京文学》杂志工作过的十一位老编辑的作品，这些人都是他和我当编辑时候的前辈同事和老师，其中六位已经离开人世。在序言《梦想者的痕迹》中刘恒写道："作为编辑，躲到鲜花的后面去，躲到掌声的后面去，躲到一切浮华与喧嚣的后面去，是这个职业与生俱来的宿命，在他们早已是司空见惯的处境了。他们朴素的文字与他们平凡的人生相呼应，一并成了默默的耕耘者的写照。我期待用心的读者聚此一阅，对这些文章和文章背后的仁者保持真诚的敬意。"作为一个编辑出身的作家，他深知编辑的辛苦和寂寞，更牢记了编辑给予他的帮助。他写道："我有幸与他们共事多年，并以此为傲。我不是一个称职的参与者，却是一个不折不扣的受益者和见证者。他们的勤勉和谦逊，淡泊与宽容，敏锐和通达，以及年复一年日复一日的不懈劳作，滋养了《北京文学》这块阵地，滋养了无数有名或无名的作者与作品，也滋养了我。他们在潮湿的屋子里伏案苦读的背影，在狭小的办公室聚首畅议稿件的音容笑貌，至今仍历历在目，鄙人将没齿不忘。我斗胆呼唤读者来亲近这套不起眼儿的书籍，却并非出自私利与私情，而是希望有更多的人来领略一种淡淡的仁慈、拙朴、坚韧和梦想，并从中吸收于人生有益的养料。那些深爱文学的人，必定会在前行者的足迹中领悟到职业的真谛乃至人生的真谛，并像我一样受益终生。"我不惜笔墨引述他的文字，是因为他的表达也是我的表达，我做了三十年的编辑，也做了差不多三十年的文学评论者，如果在我退休或者死去的时候，有人这样回忆和评价我和我的工作，我不能说含笑九泉，至少会死而无憾。

　　回首刘恒与我这么多年的亦师亦友的交情，我感觉他竟然扮演了那么多的角色：编辑、小说家、编剧、作协领导、政协委员，当然还有我没写到的好父亲、好丈夫的角色等等。他的每一个角色都扮演得非常成功，得体、自然、亲切、磊落，因为他不需要演技，他是个本色本真的人。而在我的心目中，他永远是一个兄长，一个可以信赖，让我受益终生、无法说尽的兄长。

天才静之

　　木心说:"最高一层天才,是早熟而晚成的。"我一直认为静之就是一个天才。天才不同于才子,才子早熟,但往往短命,而静之却长盛不衰,愈"老"弥坚。从诗歌、散文到小说,从电视剧、电影再到话剧、歌剧,还有京剧,他几乎无所不能。静之以其多方面的才能,丰富了我们的艺术视野,也让我们的生活充满了诗意、欢笑和思考。

　　最早认识静之是读他的诗歌,其中一首关于内蒙古草原的诗《达尔罕的月亮》尤其让我印象深刻,其中最后一段这样写道:

达尔罕的月亮，你使

一万年都像这个夜晚

一样的风，

一样的青草

一样的光辉清冷

一样的达尔罕

谁有力量走近你，喊你

使你答应

这首诗写出了诗人面对自然、面对宇宙、面对历史的一种敬畏感。我理解这首诗，感觉到作为一个诗人的巨大的能量，他的肉身或许微不足道，但他的想象力可以穿越时空，横贯亘古。假如你有幸亲耳听到静之现场朗诵这首诗，他那富有感染力的嗓音以及酷似19世纪欧洲浪漫主义诗人的派头，一定会令你如醉如痴，让你对诗人这个职业产生敬意。

在我看来，诗写得好并不能算好，能把诗通过自己的朗诵有效地传递给读者，让文字和声音同时触碰接受者的心灵，这才是好诗人，就如同远古时代的行吟诗人一样。

　　静之的朗诵绝对是一流的，但很少有人知道他还是个接近专业级的男高音，据说他曾不间断地学过十年声乐。大约二十年前，在一次小范围的文学聚会中，我听过他演唱的《重归苏莲托》，之后至少在文学界里，我再没有听过比他唱得更有魅力的高音。那个时候我刚开始发烧西洋古典音乐CD，我除了偏爱贝多芬、莫扎特以及巴赫的钢琴之外，还专注于女高音，尤其喜欢凯瑟琳·巴托和擅长巴洛克清唱剧的爱玛·科柯贝等，而对男高音我却不甚了了。一次，他向我郑重推荐了20世纪初意大利的男高音蒂托·斯基帕。他告诉我，这个家伙被后世大大地低估了。他引用斯基帕同时代的歌唱家贝尼亚米诺·吉里的一句话："我们都是人间的声音，而斯基帕的歌声是天外来音。我们得跪着听他演唱。"当时，我只知道卡鲁索、帕瓦罗蒂、卡拉雷斯等，但是当我听了斯基帕之后，我知道了，一个男高音不一定非要将高音飙到HC，才能震撼和感染听众。

　　回想和静之的交往，我与他见面最多的场所竟然是影碟店。那时，他刚开始尝试写电视剧本，我也正对电影感兴趣。我们俩会经常不约而同地在各种不同的碟店碰面。我们相视而笑或者寒暄几句，便各自埋头一张一张地挑选碟片，买完碟我们俩一人提着一个装满碟片的黑色塑料袋，站在路边，交流观碟的经验，或向对方推荐刚刚看过的好片子。记得他在推荐一部电影的时候，眼睛总会眯成一条缝，顶着高阔的额头，完全沉浸在电影的情境里，仿佛这个电影是他导演、编剧或者出演的。后来他终于躬身实践，写出了《琉璃厂传奇》《康熙微服私访记》《铁齿铜牙纪晓岚》等让他扬名全国的电视剧。

20世纪90年代后期，我与他接触相对比较多，听他无意中谈到写了一篇女儿写作业的文字，一直没有示人。他谈的事情让我感触颇深。我们的语文教育越来越多的是为了应付考试，追求实用和功利，忽视了语文学习对孩子的审美能力的培养。当时我在北京文学杂志社任副主编，正组织一组有关中学语文教育问题的文章，于是我请他寄了过来，这就是后来那篇著名的散文《女儿的作业》。文章刊出后，国内多家媒体纷纷转载，引起了教育界的关注，也促发了全国范围内有关素质教育的讨论。不久前，静之还在自己的微博上谈及此事，并@我，让我们的思绪共同回到了火热的1997年。之后，我又签发他的小说《我家房后的月亮》，这篇小说入选了我们《北京文学》与中国当代文学研究会发起的"中国当代文学最新作品排行榜"的最佳小说名单。

在我的经验里，国内影视圈是一个薄情寡义的伤心之地，这么多年，我只写成过一部电视剧本，拍摄完成却没能播出，其他大多半途而废。所以，虽然我非常钟爱电影，却真的不喜欢与影视界的人打交道，唯有静之兄是少数几个例外，虽然他不能完全算是影视界人。静之是个非常注重情义的人，也极少沾染影视圈的毛病。电视剧《康熙微服私访记》播出后，他一夜之间成了影视界的大腕，被誉为"中国第一编剧"，但他并没有忘记给他知遇之恩的人。他几次曾说："走上编剧这个行当我至今也要感谢两个人，田壮壮和唐大年，是他们看了我的文字后鼓励我，说我能够写剧本。"2000年我离开北京文学杂志社，他听到消息后不久就主动打电话给我，问我愿意不愿意参与他策划的某部电视剧的写作。

我自知与他仅仅是编辑与作者的来往，虽然我们比较谈得来，可论交情真的算不上，但是他的一个电话让我深深感受到了兄长的关怀和温暖。我其实挺后悔没有听从他的指引，真正投身到影视剧写作的行当中去，以实现我很久以来的电影梦，也不枉我收藏和观摩了那么多的好电影。

　　静之的电影和电视剧我几乎都看过，《一代宗师》我看过三遍，非常喜欢，也亲耳听过他与导演王家卫合作时的愉快和收获。《归来》放映后虽然非议不少，但我绝对是这部电影的忠实拥趸。不久前，我在深圳讲课，专门对比了小说《陆犯焉识》与电影的差异和各自的妙处。我以为，小说肯定是部好小说，而电影在那么短的时间里准确而深刻地阐释了一个糟糕年代的人性的坚持，我以为这是改编者对原创小说的一个提升和飞跃。

　　静之不止一次说过，他其实更想写话剧、歌剧和京剧，这些传统的戏剧形式更能体现编剧的艺术功底和情怀。所以在写影视剧之余，他把更多的时间投入到戏剧的写作当中。遗憾的是我只看过他一部话剧《花事如期》，但是这部话剧我看了两遍。第一次看是他为北京作家协会的会员设的专场，第二次看是他特别邀请我参加他与刘恒、万方三人成立的龙马社十周年纪念会，我坐在他与刘恒的旁边。演出当中，静之不时地随着剧情的发展而笑出声来。自己的作品应该是再熟悉不过，可他却毫不掩饰地像一个初看的普通观众沉浸其中，我想这既是对演员的尊重，也是对自己作品的尊重。因为剧情和台词或许已经定型了，但话剧的魅力就是在于现场的效果和演员的即兴发挥，所以有人说，话剧的演出，每一场都不是重复的，况且好的演员和演出往往会对剧本本身增添新的可能性。《花事如期》是他遵循和实践古典戏剧三一律的一个尝试，也是他对古典戏剧模式的一次致敬作品。全剧只有两个人物，一个场景，却揭示了当代中国社会与人性的复杂性。剧本既有悲剧的冲突，又有喜剧的夸张，堪称国内戏剧创作介入当下问题的一个典范。

几年前，静之进入北京作家协会当专业作家，并被选举为副主席，我则签约北京作家协会当合同制作家，我们俩见面的机会更多了，也经常能聆听他关于文学和电影的高论。不久前，我因为要写这篇文章给他打电话，他告诉我他正躲在北京郊区的山里创作有关徽班进京的电影剧本。这是他的拿手好戏，我期待这部关于京剧起源和演变的电影早日问世，也希望面临凋零的京剧这一中国国粹，因为他的独到阐述，重新引起国人的关注和兴趣。

我将是他永远的读者

有人担心，莫言获得诺贝尔文学奖之后，他的光环可能会遮蔽很多同样出色的中国作家，甚至让有些作家产生抵触和绝望的情绪，认为他的获奖无疑会让其他作家获奖的机会至少推迟十年。因为日本作家川端康成获得诺贝尔奖后二十多年，大江健三郎才得以染指。而我以为，莫言的获奖会让世界更加希望了解中国的文学，因为莫言是中国作家的代表，如同加西亚·马尔克斯是拉丁美洲作家的代表一样。马尔克斯的获奖无疑带动了整个拉美文学的发展，使更多的拉美作家受到关注，比如鲁尔福、博尔赫斯、略萨、富恩特斯、科塔萨尔、卡彭铁尔以及阿连德等等众多作家开始被世界所熟知。

格非就是站在莫言身边的优秀的中国作家中的一员，打个比喻，假如莫言是中国的马尔克斯，那格非应该是中国的博尔赫斯或者科塔萨尔甚至是将来的略萨——略萨在马尔克斯获奖二十多年后也得到了这个殊荣，当时马尔克斯给他的祝贺是：我们俩终于一样了。

我关注格非和他的小说已经多年，和他也是二十多年的朋友。1989年我在《北京文学》还编过他的短篇小说《蚌壳》，那时他才二十五岁，比现在很多80后还小，可他已经写出了《褐色鸟群》《迷舟》《大年》等被认为是中国先锋小说崛起的标志性作品，成为国内有影响力的作家。我不否认早年的格非受到西方文学，尤其是现代和后现代文学的影响，比如法国的罗布-格里耶，比如阿根廷的博尔赫斯，这些都是他写作生涯开始的导师。但是在众多以模仿两位作家为荣，乃至以假乱真的一帮业余作家被淘汰出文坛之前，格非便以自己独立的文学品格和创作实力，摆脱了西方文学的阴影，稳固地站到了中国文坛的最前沿，以"江南三部曲"长篇系列小说《人面桃花》《山河入梦》《春尽江南》跻身国内一线作家的行列。

关于对这三部作品的赞誉已经很多，我不想多言，但有一点我必须强调，中国当代文学缺少一部完整的反思中国100多年间现代化进程中人文和精神走向的小说，缺少真实反映自民国始、新中国成立后以及改革开放以来，我们的人伦、道德、理想和价值观变化的作品，所以，我以为格非的三部曲是将中国近代以来三个不同时期的历史进行对照、拆解、分析，然后连接并贯通，成为我们现在以至将来认识和研究百年中国精神历史的史诗性作品。而其中的《山河入梦》则是我最喜欢的一部，所以我曾将其收入我主编的"汉语小说经典大系"中，与鲁迅、萧红等文学大师比肩而立。

与格非结识这么多年，但是我们的见面并不很多，每次几乎都是在众人的场合，匆匆寒暄而别。但有两次我记忆深刻，某种程度上说也改变了我对文学的一些看法。一次是1990年3月的第一次见面，他与妻子从上海来京，见面的那一刻我估计我们彼此都有些诧异，因为读他的小说给我的印象他应该是一个高个儿长发且目空一切的家伙，而我在他的想象中一定是个五十多岁的中年长者，因为他之前给我的信中总在我的名字前面加上一个"贺"姓，贺兴安是当时一位有名的文学评论家，在我和格非见面前，我好像一直顶着另一个人的大名，且没及时纠正。可见面后的感觉是，他更像是一个大学生，个头儿并不高，头发也没披肩；而我也不过是个二十几岁写点小说、写过几篇评论文章的年轻编辑。我依稀记得那天他穿的是浅色的棉衣，脚上是当时还少人穿的白色旅游鞋，头发当然是黑黑的。他送来了他刚刚出版的第一本小说集《迷舟》。我们谈了文学，谈到纳博科夫和他的小说《普宁》。当时我正着迷于这个爱玩文字游戏且喜欢收集蝴蝶的美国老头，模仿他写了两篇小说《做贼》和《苍蝇》。令我欣喜的是原来还有一个人与我同样喜欢一个并不主流的作家，他客气地对我的写作给予了鼓励。但是这次见面，让我彻底打消了写小说的念头，因为我知道我正在写的小说已经被格非写完了，且凭我的才气我可能永远也赶不上这个比我小两岁的弟兄。

第二次见面是3年后，我去上海。他请我在他的宿舍喝酒聊天。我震惊于他的变化，他已经成为真正的学者型作家，侃侃而谈，旁征博引，激情剑指困顿中的知识分子和中国社会。我感到羞愧，我与当时北京的一帮青年作家还热衷于文学小圈子的无休止的聚会和酗酒，沉湎于80年代末的创痛而无思进取。他告诉我他正在构思一部反映中国知识分子精神历程的长篇小说，就是后来的《欲望的旗帜》，他为准备这部小说的写作，阅读和重读了上百部的有关知识分子的中外小说和理论著作。那次见面使我感觉，我已经很难与他对话，他已经从原来的偏重语言和形式的先锋派作家，开始变成一个思考社会进程和关注知识分子命运的现实主义作家（就像马尔克斯所宣称的那样——我是个现实主义作家）。这是一个自觉的蜕变，也是一个作家能够保持创作生命力的前提。

最近翻看他送我的《文学的邀约》一书，这是他在清华大学授课的讲稿。其中的自序《现代文学的终结》给我很多启发，也印证了我这两年对文学图书出版的一些困惑和体会。他分析了自20世纪以来西方现代文学中作者、读者和赞助人的关系，以及市场机制如何将文学变成廉价流行商品的事实。或许传统意义上的文学就应该是少数人的事情，是奢侈品，作家只是手艺人，读者是收藏者和投资人，出版商可以"通过对图书的印量进行严格控制，将书籍变成一种类似于艺术收藏品的特殊商品"[1]。这可能是文学意义上的文学以及它的载体——纸质图书不可能消亡的一个理由。

在当代国内的作家中，格非的小说无疑是最值得收藏的艺术作品之一。写到这里我想，假如有谁出版一本羊皮面精装的收藏级别的格非的小说，类似19世纪前欧洲图书那种质地的限量版，我一定第一个掏钱购买，并让他签上名字，然后把它放在我书架的最显著的位置，任时光打磨，批评者的聒噪，成为一部超越时空的真正的文学经典。而我将是他永远的读者，一个连博尔赫斯都羡慕的读者。

---

[1] 见《文学的邀约》，清华大学出版社2010年4月第一版。

用喜剧的眼睛看透悲剧

一

电影《一九四二》赢得了很大的反响，我的朋友中，包括为冯小刚写过电影《甲方乙方》和《天下无贼》的作家王刚，都一致地认为这是一部非常棒的电影，甚至超越了冯小刚以往所有的电影。作为原著小说的作者，也是电影唯一的编剧，刘震云自然成为大众的焦点。

我很早就读过原著小说《温故一九四二》，最近还特别认真地研究了剧本，我感觉由小说改编成剧本的工程非常浩大，几乎是不可能完成的任务。因为前者更像是一个历史文献和档案，虽为小说，但多为议论、史实和数据，而后者则完全是文学化的虚构故事，有人物、有情节，还有悬念。电影中老东家这个人物塑造得非常真实饱满，他的结局让我想起余华的小说《活着》中的福贵，不同的是福贵最终子然一身与牛为伴，而老东家则在路边收养了一个象征着未来与希望的孤儿。剧本对细节的处理非常用心，一看便知是"刘震云式"的细节：比如花枝在被人贩子领走前与丈夫拴柱换裤子的场景；还有在逃荒路上拴柱、花枝和星星三个人抢夺一袋饼干等等。这些细节都是独一无二的，一般作家很难凭想象编造出来，而且关键是刘震云将这些细节赋予了他对人性的刻骨的观察和理解，即人性悲惨至几近崩溃的当口，人将面临怎样的尴尬、辛酸和绝望……

记得在中国作家与秘鲁诺贝尔文学奖作家略萨的对话会上，刘震云有过精彩的发言，他说："我觉得世界上真正的悲剧产生在喜剧之中，真正的喜剧产生在悲剧之中。"这句话概括了刘震云对文学和人生的基本态度，几乎贯穿于他的所有作品。他还说："当一个民族面临的苦难太多时，他用严峻的态度来对付严峻，严峻就会变成一块铁，当他用幽默的态度来对付严峻时，严峻就会变成一块冰，掉在幽默的大海里，这块冰就融化了。"我的理解是这绝不是虚伪的自欺式的乐观主义，而是饱尝苦难之后的一种人生智慧。这也恰是刘震云的作品与众不同，无法复制和模仿的重要原因。

然而，电影《一九四二》并没有达到预期的票房，不少人感到奇怪或惋惜，如此深刻、令人震撼的电影为什么不能吸引更多的观众走进影院？我也反复琢磨过这个问题，这或许与我们中国人对待苦难的认知和态度有关？人们宁可为《人在囧途之泰囧》这样的娱乐片笑得喘不上气，也不愿舔舐自己的伤口，反思我们的集体的创伤性记忆。正如作者为写这部小说回老家调查时的慨叹：当我回到河南时，我发现所有河南人都忘了有这么一个历史的悲剧存在。

心理学家认为：人们往往善于选择性地记忆过去的美好的事物，而且往往这些美好的记忆多半是经过筛选甚至美化的产物。我们对外敌带给我们的伤害铭心刻骨，而对自己酿成的天灾人祸却讳莫如深，以至于有意无意地宽恕和遗忘，缺乏自我的反省、谴责和批判，更缺少对受害者的同情心。德国心理分析学家加布丽埃·施瓦布在《文学、权力与主体》一书中说："人类总是让暴力（灾难）历史沉默。"她引用了美国政治理论家汉娜·阿伦特的一句话："人们埋葬掉自己的罪恶，使之沉默；人们埋葬掉自己的人性，使之哑然无声。"这便是我们害怕面对历史的一个真实写照。刘震云作为一个有良知的作家，一个曾经饿死过几万人的延津县的后人，勇敢地站出来，让这段悲剧历史重现在光天化日之下，警醒我们，也藐视着我们。

二

《我不是潘金莲》是刘震云最新的一部小说，无论读者和评论界怎么评价，我依然认为它是我最喜欢的一部小说，甚至比他获茅盾文学奖的《一句顶一万句》读着更过瘾。有关打官司的小说和电影不少了，最有名的应该是刘恒编剧的《秋菊打官司》。《我不是潘金莲》让我想起了这部电影，但是它比《秋菊打官司》更绝，秋菊已经够执着的了，而《我不是潘金莲》中的李雪莲打官司几乎到了强迫症的程度，她将告状的过程变成了自己的生活和事业，但正是因为这样，才让我觉得可爱，让人同情。作为一个普通的农村妇女，李雪莲被丈夫欺骗，被亲戚朋友嘲笑，又被各级地方领导打压，但她始终有一个打破砂锅问到底的逻辑和精神，"走投无路却又勇往直前"（评论家摩罗语）。正如她最爱说的一句话："事儿不是这个事儿，理儿不是这个理儿。"当年的秋菊最后找到了说法，可李雪莲就没那么幸运，她原本被逼无奈讨说法，却绕进了权力与制度的怪圈，小逻辑绕不过大逻辑，二十年的时间，她一次次告状，每次又不得不转换被告人，当她自认为希望将至的时候，最初的被告人死了，告状的链条断了，她和她的官司也成了没有缘由没有指向的笑话，这正应了前面我引述的刘震云的话：悲剧产生在喜剧之中，喜剧产生在悲剧之中。李雪莲的遭遇肯定是个悲剧，但是作者用喜剧的形式表现它便有了"黑色幽默"的效果，结局是以喜剧收场，但是我们能用传统的喜剧概念来解读这个故事吗？所以，无论是悲剧还是喜剧，最终倒霉的是弱者，喜剧也注定了是悲剧。无疑李雪莲在刘震云的小说中是主角，而在这个像铁一样的现实社会中，她连配角都当不了，永远是个群众。

屈指算来，认识刘震云已经20多年，给我的印象，他是个外表憨厚谦虚，内心狡黠自信非常的人。他待人客气，脸上常带着微笑，而其内心之所想别人却很难猜透，所以若想了解他的内心，就只能借助他的小说，从中探究他对人性的剖析和对人，包括我们每个人的揣摩。刘震云对自己笔下人物的苛刻是出了名的，无论好人坏人都不留丝毫的情面。从他早年的获奖短篇《塔铺》到被誉为"新写实主义小说"经典的《一地鸡毛》《单位》，再到《一句顶一万句》和《我不是潘金莲》，莫不如是。我以为目前国内笔触最犀利的几个作家是莫言、刘恒、阎连科、王刚和刘震云，他们对于人性阴暗面的认识和揭示，深入骨髓、力透纸背。而刘震云与他们的不同之处在于他又多了层幽默和本能的喜剧性。这是我对刘震云的评价。

三

    20世纪90年代，我和刘震云接触比较多，我在《北京文学》杂志的时候组织作家笔会，和他一起爬过泰山。到了新世纪我们彼此的见面就很少了，也许是文学相对80年代和90年代沉寂了，也许是我自觉地疏离了一段时间文学圈，但我却一直关注着他，看了他演的电影，《甲方乙方》中他扮演的那个隔着二十米长的桌子与公主共进晚餐的情痴，还有他编剧的电影《手机》以及他自编自导的电影《我叫刘跃进》。2011年开始，我们见面的机会又突然多了起来，一次是在全国作家代表大会上，我恰好坐在他的前一排，当时海岩来晚了，我俩一起帮海岩在大会的示意图上寻找他的座位；另一次是在北京国际图书博览会，他与周大新、柳建伟等几位茅盾文学奖获奖者作为嘉宾，却只能和我这个参会者一起被拦在会场外，在烈日的烘烤下等候领导的先行参观。我记得他说了一句不客气的话，让在场的人都竖起了大拇指；碰巧的是当晚我们在798艺术区中韩作家朗诵会上又见面了。为这频繁的见面，我打趣道，看来刘老师真的越来越有名了，中国文坛离不开刘老师了。此时的刘震云却又摆出了客气谦虚的表情，我只好赶紧转移话题，因为我知道无论是客气、谦虚，还是幽默或者挖苦人，我笃定不是他的对手。

然而有一件事我对他一直耿耿于怀差不多二十年，我收集了国内大多数作家的签名和题字的书，却一直没有得到他的书。多年前就传说他在这方面非常吝啬，极少送书给朋友，一次一个朋友带着自己买的书去请他签名，他竟然毫不客气地将书留下了，还美其名曰：我手头一本样书都没了，可否送我作纪念？后来，我在一家旧书店看到了一个曾经很著名的作家给朋友的赠书被特价处理，我终于理解了他的用心。书应该送给真正爱书的人，而不是那些只把书作为炫耀而不读半字的家伙。而一本好书就是作家的一个灵魂，它渴望归处，拒绝流浪和冷藏。

小说是他的女人，写作是他爱女人的过程

　　写过电影《菊豆》的作家刘恒曾对我说孙甘露的目光里有女人的柔情，我颇感惊奇。后来彼此成了朋友，我一直有意无意观察他的眼睛，发现其实是他的眼睛能散发一种使女人突然间变得柔情起来的物质，我把这种类似化学反应的过程戏称为"以柔克柔"。也许这种物质对男人只是一种感染，一抹由自信凝聚的睿智的光点，而对女人则绝对产生天然的杀伤力，令她们被动滋生诱惑和非分之念。这或许恰如他的小说，原本一片平淡无奇的方块汉字，经由他的摆弄便幻化成为一条纯粹的语言之河。阅读者可以站立岸边顾影自怜，也可以投

怀送抱任水流把你引入迷宫般的温柔他乡。所以有人说他的小说是写给女人看的，我非常有同感，男人中只有细微柔情的少部分人才可以分享。尽管他自嘲在小说里几乎没写过爱情，但在我的感觉里，他的小说就是他的女人，写作本身就是他爱女人的过程。

王安忆好像说过：上海是一个女性化的城市。生活在这样的城市里的男人是有福的，因为他们必须深谙女人之道才可以征服她们或者被她们征服。被征服与被同（异）化不同，前者是喜剧化的冲撞，后者却充满了性别的悲观主义。这也是上海男人饱受争议之处。孙甘露肯定是上海男人里最懂得女人的男人，至少在文学的意义上如此。真正懂女人的男人是有距离感的，因为距离不光产生美感，关键是便于观察和品味。《项狄传》的作者劳伦斯·斯泰恩据说是最懂女人的英国人，浪漫的法国人对他有这样评价："他爱上了所有的女人，因而保持了自己的纯洁。"我常常想，如果孙甘露生活在北京，我怀疑他肯定是个老谋深算的"花花公子"，而在上海他只能是个热情与柔情兼修的"谦谦君子"。

在《请女人猜谜》中，孙甘露写道："对后（小说中的人名）这样一个女人来说，倘若不是在深秋聚首或者别离，那秋天就仅只是秋天，它不会另具含义。她可以在其余的季节里拼命地做一切事情，要不就让自己卷入什么纠纷。而秋天则不行，后把她心灵和它的迷蒙的悸动留给了秋天。她不想占有它，恰恰相反，她想让秋天融化了她。她甚至愿意在秋天死去，在音乐般的秋天里如旋律般地消隐在微寒的宁静之中。这完全不是企望一种平凡的解脱，这只是后盼望献身的微语"。"我知道，有一类女性是仁慈的，她们和蔼地告诉我们斑驳的世相，以此来取悦她们自己那柔弱的心灵。而这种优雅的气质最令人心醉。……我爱她的胡说八道，爱她的唾沫星子乱飞，爱她整洁的衣着和上色的指甲，爱她的步履她的带铁掌的皮鞋，总之，后使我迷恋。"这是孙甘露对女人的文学想象与品味。暧昧细腻柔情得像推拿的游戏，距离间让女人花容尽失。

一直在等待孙甘露的新作《少女群像》，几年过去，他似乎并不急于写完。我告诉他一定要写完它，但可以不发表，就像男人一定要有个女人，却不一定需要婚姻一样。一个作家如果写了《访问梦境》《信使之函》《请女人猜谜》这样的小说已经足够，就如同塞林格写完了《麦田里的守望者》之后隐居山乡，依然叫人痴迷。当然我也期待他的新书尽快完工，不过我希望它是属于另一个孙甘露的作品，因为我认识的孙甘露已经圆满而且恐怕是排他的。

最近收到了孙甘露最新出版的文集四卷《上海流水》《我是少年酒坛子》《呼吸》《忆秦娥》，虽然这些作品我都有了单行本，但是看到它们集体亮相还是感觉非常欣喜。孙甘露绝对是个不可替代的作家，就如同这个人是个不可替代的一样。每年我都要清理我的书架，顺便要舍弃一些作家的书，但这套文集我会放在书架中最显眼的位置，以备随时翻阅和品读，直到它们舍弃老眼昏花的我。

父辈不在了，我们依然前行

——纪念思沁·毕力格图先生

2019年8月29日上午，苏茹娅在微信圈发出了一条微信："爱永远。"同时发了四张照片，分别是她的父亲、著名画家思沁·毕力格图先生的四幅作品。我的心头一紧。早听说思沁先生得了中风，行动不大便利，但去年见到苏茹娅时她还告诉我，说父亲的精神状态挺好。正在我有些不知所措的时候，她又在微信下面打出两行文字："已成为天上最明亮的星，伴随着我，爱永远！""老父亲思沁今天早上八点离开了。"思沁先生真的走了，我的心一整天都在空落当中。

我少年时曾见过他几面，因为他是我父亲一生的挚友。印象中他的脸色总是红润的，是典型的蒙古人的脸型，眼眶细长，有点像历史课本上的成吉思汗的画像。也许是我当时正在学习绘画，所以我一直把他当作心中的老师，学习的楷模，让我尊敬的前辈。

家里有一本他的画册，里面记录了他一生的艺术成就：《蒙古秘史》人物组画、《成吉思汗》大型壁画，原作长达八十米、高三米，刻画了近百个神态各异的人物形象。蒙古历史人物系列雕塑，还有很多表现蒙古族现实生活的作品等等。叶浅予先生曾经在1991年"新时期美术创作全国理论会"上，赞扬他的绘画路子走对了，并评价他的《蒙古秘史》人物画："这是他的创造，这是民族的觉醒"。邵大箴先生评价他创作的《蒙古秘史》系列历史绘画是一个创举。在思沁先生几十年的创作生涯中，他创作的《摔跤手赞歌》《剪羊毛》《挤奶少女》等十四幅作品入选了全国美展，七幅作品被国家级美术馆收藏。他的艺术实践和成果也是多方面的，壁画、雕塑，还有水彩，他尤其擅长中国水墨，无论是工笔，还是写意，都能得心应手，别出新意。他的蒙古历史人物白描系列作品，给我印象很深，他在线体的构造上，突破了中国传统线描的线的形态，而是多采用顿笔的手法勾勒衣饰和铠甲，使人物的塑造产生一种粗粝的审美效果和沧桑的历史感。

父亲一直珍藏着他画的一幅奔马，线条简洁而有动感，尤其那如烈焰般飘飞的鬃发，淡与浓的融合与对比，给人一种宗教般的虔诚与狂热。画上用独特的成吉思汗时期的蒙古文体写着："呼列呼列，衷心祝福，我们民族的著名作家特·赛音巴雅尔选集出版，赠送这匹马，以表祝贺。"这幅作品现在就挂在母亲家里显耀的位置上，成了两位蒙古族文学家和艺术家兄弟般的情谊的见证。

那天，来母亲家的路上，我一直犹豫该不该把思沁先生去世的消息告诉她。父亲两年前离开了我们，母亲非常悲痛，为了怀念和纪念父亲，她亲自组织我们两兄弟，花了差不多一年的时间编辑出版了父亲的纪念文集《生命的光芒》。书一出版，她就特别嘱咐我一定要给思沁先生送书，因为不仅书中有他们俩的合影，关键他们是最要好的同学和朋友。我没有思沁先生的联系方式，后来认识了他的女儿、画家苏茹娅，我终于将书送到老爷子手里。

　　我思考再三，还是将思沁先生去世的消息告诉了母亲，因为我感觉，自从父亲生病，直到过世前后，一直躲在父亲背后充当贤内助的母亲突然变得强大了。她的话也比原来多了，且思维清晰，记忆力惊人。当我把消息告诉她时，只见她异常冷静，她转头看着墙上挂着的那张思沁先生送给父亲的画，用蒙古文念着上面的赠言。母亲坐的位置与画有四五米的距离，我相信她是看不清上面的字的，但是母亲竟然一字不落地背诵下来，并向我用汉语翻译着其中的内容。

　　听母亲回忆，思沁先生出生在内蒙古兴安盟的扎赉特旗，属勃儿只斤氏黄金家族，是成吉思汗次子察合台的后人。他与父亲是乌兰浩特二中的同学，后来一起考上了内蒙古师范大学，他在美术系，父亲在蒙古语言文学系。两个人志同道合，心心相惜，经常在学校一起组织和参加一些文学艺术方面的活动。毕业后，父亲留校工作，后调回家乡乌兰浩特二中教书。他一直坚持写作，二十一岁就出版了一本蒙古文的诗集《春天》。而思沁先生则留在呼和浩特，专事画画，1989年被推选为内蒙古美术家协会的主席。后来父亲到北京工作，几十年里一直保持着与思沁先生的密切联络，彼此相互鼓励，在各自的领域获得了令人瞩目的成就。2009年7月，两人同时荣获"内蒙古文学艺术杰出贡献奖"，被授予了金质奖章。这也是他们人生最辉煌的时刻。

思沁先生比我父亲大一岁，终年八十二岁。父亲于2016年11月，先他两年多离世。这些天，我一直想，两位老同学老哥俩应该在天堂相聚了，他们或许还会像年轻时一样，意气风发，挥斥方遒，努力着他们未竟的事业，延续着他们美好的友谊。而作为晚辈的我们应该做的就是继承他们的遗志，做好自己的事情。不久前，我见到了著名作家敖德斯尔的女儿、作家萨仁托娅。她的父亲也是我父亲非常好的兄长和朋友。那天我们同在内蒙古电视台首届文学品读会录制现场朗读各自的作品。她朗读的是她的长篇小说《远去的战马》片段。她在父亲过世后，用小说追忆着父亲那一代人在战争年代的不凡经历，并用文学继续着父亲未能完成的工作。那天，她朗读得非常感人，接触当中我感觉她是个非常善良、让我尊敬的大姐，同时让我们之间由于父辈的友情而产生一种天然的亲近感，就像是多年的老朋友。是啊，父辈之间的友谊似乎是天经地义地可以传递到后代的身上，让人感到温暖和力量。虽然父辈们在世的时候，我们没有能够相见相识，但是心灵是相通的。苏茹娅也是这样，她继承了父亲的绘画基因和才能，并且已经有了与她父亲相媲美的专业成绩。我还记得父亲很多年前就对我说过，他有一次看见苏茹娅站在内蒙古饭店大堂高高的墙下，细心地画着一幅比她身体还要大得多的壁画。父亲的语气和神态里充满了对晚辈的赞赏，而我却把它当成了对我的激励。2018年，我的水墨艺术个展在中国现代文学馆举行闭幕式，她专程赶来参加并做了发言，让我有一份惊喜和感动。或许历史就是这样延续和轮回着，一代接一代地传承着前辈们的初心和使命。父辈不在了，我们依然前行，因为他们在向我们微笑——那是一种鼓励的也是安慰的微笑。

融会贯通方可独树一帜

最初认识艺如乐图是因为他的蒙古文书法。2013年，一次偶然的机会，我对蒙古文书法产生了浓厚的兴趣，并开始一个字一个字地练习蒙古文书法。20世纪70年代中期，我在海拉尔一中读初一的时候曾上过将近一年的蒙古文基础课程，初步掌握了蒙古文的7个元音字母和21个辅音字母，并能简单地拼写和读音。一年后我随父母来到了北京，一直接受汉语教学，所以，蒙古文字在我的记忆中逐渐模糊，以致后来看到蒙古文，虽然感到亲切、熟悉，有时候还能拼出大致的发音，但多数已无法辨认字的含义。值得欣慰的是我至今还能听懂和说出一些常用的蒙古口语，尤其是在我酒过三巡之后，我少年的记忆仿佛一下子打开了闸口，竟然能用蒙古语与人对话。或许蒙古语作为我的母语一直潜藏在我语言与思维的深层记忆之中，被汉语强大的系统所挤压和遮蔽，而一旦有了酒精地刺激，它便像脱缰的烈马狂奔而出。但我清楚地知道，是特定的氛围，故土的情感，族性的本能，让我顽强地守护着母语的最后记忆。

2010年，我收藏了第一幅蒙古文书法，只有一个大字，有"永远、平安"之意，作者是著名的书法家那木达嘎，就挂在我的客厅里。而第一次用毛笔写蒙古字是在2013年，我参加人民文学杂志社组织的山东古贝春酒厂采风。对方要求每个作家留下墨宝，在场的散文家赵丽宏、评论家梁鸿鹰等一挥而就，只有我感到为难，我虽画过画，却从来没练过毛笔字。可就在这个时候母语救了我一把，我立刻给蒙古族诗人哈森发微信，请她用蒙古文写好"美酒"两个字发给我。于是，我照猫画虎地将两个字写下，结果竟然受到在场的所有人的惊奇和称赞。这次经历，不仅让我体会到蒙古文书法的独特意义，而且发现蒙古文字非常适合用毛笔书写，也让我下定决心开始学习蒙古文书法。由此，经过内蒙古文学评论家李悦先生的引见，我认识了蒙古族著名书法家艺如乐图先生。

2015年5月，我有幸到他在内蒙古大学艺术学院的工作室拜访。他的工作室不大，但是非常有艺术氛围。四周的墙面挂满了他的作品。他不仅是很有成就的蒙古文书法家，他的汉语书法也非常出色，尤其是对汉简很有研究，还有他的篆刻，其中的刻字艺术是他尤为擅长的创作形式。工作室里堆满了各种老木头，有门板、木桩和车轮等等，他说这都是他从牧区和农村一件一件收购来的。他的工作台上更是五花八门，既有笔墨纸砚，更有刻刀、钳子、锤子、刨子和钢锯。他自嘲说：我是书法篆刻家，也相当于八级木匠。我尤其对他的单人床上铺的一张巨大的蒙古文书法感到好奇。他说：这幅字写坏了，但是有几个字自己又非常喜欢，没舍得扔，就把它当床单铺在这里了。

艺如乐图比我小4岁，属马，我们同出生在内蒙古的兴安盟，是真正的老乡。他毕业于内蒙古大学艺术学院美术系，后留校任教。他曾获得全国第十届刻字艺术展最高奖、全国篆刻艺术展最高奖，中国青年美术书法大赛一等奖，并两次荣膺内蒙古自治区人民政府艺术创作最高奖——萨日纳奖。出版有《蒙古文书法章法》《艺如乐图书法篆刻选集》等。他现在是内蒙古文学艺术界联合会副主席，也是西泠印社屈指可数的内蒙古社员。我对内蒙古的书法篆刻界不大了解，但是像他这样蒙汉书法兼通，尤其在篆刻和刻字艺术上造诣深厚的艺术家，确实不多见。

　　蒙古文书法相较于汉语书法是一个比较年轻的艺术形式。汉字据说至少有五千年的历史，而蒙古文字的历史不过千年。最早的蒙古文字是从回鹘文转变过来的。公元13世纪前，分布在蒙古高原的蒙古民族还没有统一的文字，成吉思汗在统一蒙古各部的过程中，命人借用回鹘文的字形、特点和顺序创造了蒙古文，之后经过不断地改进，形成了蒙古文字。[①]蒙古文是由若干音节组合而成的竖型结构的拼音文字，却又有象形的特征。

① 　见《蒙古人的文字与书籍》第11页，（匈牙利）卡拉著，内蒙古人民出版社2004年9月第一版。

有专家形容蒙古文的字体很像蒙古人骑马行走一般，字母骑字母，组成了字词的竖型结构，所以，蒙古文字字体修长，线条匀称，千姿百态，变化莫测，富有律动和张力。蒙古文字不仅每个字都有头、腰、尾，而且每个字母都以人或动物的某个部分来比喻。比如字角、字辫、字脑，还有字牙、字钩、字肚、字爪等等。由于蒙古文字这种独特的象形结构，给艺术家提供了非常大的想象和创作空间，也使蒙古文成为拼音文字中少有的富有书法审美价值的语言。最初的蒙古文书法由"软笔"和"硬笔"两种工具书写。硬笔就是竹笔（写出的字称"竹板字"）、羽翎和骨签，而软笔即为毛笔。由于毛笔的表现力更强，加上汉语书法对蒙古文书法的影响，后来的蒙古文书法，多使用毛笔。历史上蒙古文书法作品不少，1818年俄罗斯考古队，在今俄罗斯境内的额尔古纳河流域，发现的13世纪的成吉思汗石碑，即"成吉思汗石"，上面的蒙古碑文，被认为是目前发现的最早的蒙古文书法的遗迹。清代和民国时期产生了诸如嘎拉旦旺楚道尔基、古拉然撒、宋旺旦楚、尹湛纳希、达木楚东日布等著名的蒙古文书法家。新中国成立后，尤其是近几年，蒙古文书法风生水起，影响广泛，有大量的人开始学习和从事蒙古文书法的创作，成立了内蒙古书法家协会和内蒙古蒙古文书法艺术协会。书法艺术还走出国门，在国外展出，受到韩国、日本以及东南亚国家的欢迎。2004年9月在内蒙古美术馆举办了"关野美代子、艺如乐图中日友好蒙古文书法作品展"，其中，日本女书法家关野美代子的蒙古文书法，特别受到关注。之后还出版了《关野美代子、艺如乐图中日友好蒙古文书法作品集》。

由于受到汉语书法的影响，蒙古文书法的书写在执笔和运笔的方式上都与汉语书法有密切的关联，字体也多沿用了汉语书法的楷书、行书、草书等。但是由于蒙古文字的独特性，比如，转笔相比汉字更多，在笔顺上，词干部分一律自上而下书写，字点、字辩、字角等另起笔点画等等，以及在长期的书写实践中，蒙古文书法又形成了自己独特的运笔方法，比如同样是绞转、提按、平动，蒙古文的笔法相对更自由、更灵活。

艺如乐图的蒙古文书法创作，或许更多地受到了秦汉简牍和章草的影响。我们知道秦汉简牍是书写在竖竹简或木条上的，由于载体的特殊性，字体横画短、细而结体偏长和粗，即所谓"蚕头雁尾"。这恰好接近蒙古文的书写习惯和字体特征。蒙古文书法家斯仍在《蒙古文书法创作漫谈》一书中说："蒙古文各类笔画中，字尾在结体中有着举足轻重的作用。它是最能为结体增色，意境显示最丰富，与下一个字的承接呼应最直接而鲜明的一种笔画，其中右长尾尤为突出，变化形式颇多，甚至在某种程度上最能反映书家独特的风格。"[1]反观艺如乐图的蒙古文书法，他对字尾，尤其是挑画和捺画的处理，粗犷而有力度，令字体有一种向前的推力和飞动感，却又不失字本身的重心和稳定性，使书体的结构宽博开张，神采飞动，气息浑厚苍雄。当然，他并不是所有的字尾都如此处理，在字符较多的书写中，尾部的笔画粗细、虚实变化，刚柔适度，错落而有序，使字与字之间或行与行之间，形成稳固而彼此呼应的整体。这一特点在他的几幅蒙古文书法"成吉思汗箴言"，还有"古诗四首"中尤其明显。而他的"古诗一

---

[1] 见《蒙古文书法创作漫谈》第141页，斯仍著，内蒙古科学技术出版社2007年12月第一版。

首"和"古诗二首"则完全吸取了汉简草体的书写方式，尾部垂直恰如雁尾，潇洒而灵动，加之纸质的残片和墨迹的擦染效果，更传达出一种古法与古意，让人仿佛穿越历史，领略笔墨文明初始的源头。

说到汉简，不能不提著名的"居延汉简"，这个大部分出土于内蒙古自治区额济纳旗的居延地区的中国最早的书法墨迹，极大程度地丰富了汉代时期隶书的研究，为中国书法史填补了一个空白，也在当代书法领域产生了深刻的影响。艺如乐图的蒙古文书法不仅受到汉简尤其是居延汉简的影响，他的汉语书法也继承和发扬了汉简的笔法和技巧。我们知道，汉简牍片因为在20世纪才大量出土，所以古代书法历史上关于它的记载和论述极为少见，因而当代的有些研究书法历史的著作中，几乎不承认它是书法艺术，也怀疑临习汉简书法对发展和创新书法艺术的价值。①

众所周知，秦汉简是古人最早的墨迹，而流传至今的最早的文人名家章草墨迹只有西晋陆机的《平复

① 见《中国古代书法艺术史》第61页，张志和著，中国社会科学出版社2015年9月第一版。

帖》，被誉为"天下第一帖"。之前古人研习书法的样本多是刻在钟鼎上的金文或石碑上的碑文，所以宋代书法家米芾在《书史》中慨叹："白首阅书，无魏墨迹。"碑文是经过工匠对照墨迹凿刻而来的字迹，在这种笔和刀的转换过程中，很难不发生变异。虽然汉简多是下层文史记述公务之笔，但其中不乏浑然天成的精彩之作，同时，它也是中国书法由篆书开始孕育几种字体的一个重要的开端，它所包含的丰富性，足以成为中国书法艺术的原型。所以，我不同意张志和先生的观点。①历史上，号称"扬州八怪"的金农，他的"漆书"式的楷隶，就被后人认定是受到"简书"的启发。②而今人被誉为"画坛怪杰"的陈子庄先生则在《石壶论画语要》中，对汉简更是推崇，他说："学书法可在汉简中受到启发。汉简境界高，首先是朴素，所以就高了。"③

---

① 见《中国古代书法艺术史》第61页，张志和著，中国社会科学出版社2015年9月第一版。

② 见《清代隶书要论》第22页，王冬龄著，中国人民大学出版社2015年10月第一版。

③ 见《石壶论画语要》第160页，陈滞冬编著，广西师范大学出版社2015年1月第一版。

引经据典说了这么多，就是为了肯定艺如乐图对汉简书法艺术的传承、探索和实践的自觉精神，作为一个当代书法家，他师古却不泥古，在借鉴古人的同时，勇于创新，开辟出自己的一片天地。我非常喜欢他在丁亥年书写的《敕勒歌》，笔法、形式，甚至书写状态，既保持了汉代简书的自然、飞动和雄健的美感，也发挥了自己随意、潇洒的个性。他写于甲午年的汉简隶书"杜甫诗《春夜喜雨》中堂"，笔墨的粗细、浓枯，错落有致，朴拙而自然。还有"汉画像石拓片题记"，以及"隶书扇面，节录《文心雕龙》"字与古拓片、团扇面，还有章印，布设巧妙，相映成趣，既有古朴的天造，又有精工的匠心。而他的"节录唐诗"的汉简条幅，更是将汉简书法艺术展现得淋漓尽致，唐诗、汉简墨迹、不规则的牍片，还有朱砂印章等等组合成一个诗文与书法的简牍阵，让人叹为观止。我评价这幅作品既是古汉简墨迹的重现，又是一次跨越历史的回望。

艺如乐图最令人称道的还是他的蒙古文书法和刻字作品。他的一幅蒙古文条幅，中间为大字的"平安"，笔势以侧锋为主，浓枯并行，字体峭立而浑厚。而左侧的四行朱砂小字，既是题款又是陪衬，与右边的上中下三枚印章遥相呼应，几近完美。他非常善于利用大字与小字的结合与映衬，将文人画的构图与书法的空间构成巧妙地契合，毫无时下流行的工艺化的刻意与媚俗。他的蒙古文中堂《达·那楚克道尔吉诗一首》更是令人叫绝，小字如影随形，大字气势磅礴，整体又如大汗引领千军万马，攻城略土，开天辟地。"彩虹"则完全用抓笔枯墨写就，蒙古文字特有的象形结构，使其有一种君临天下、百花肃杀的威武和沧桑。这种气魄与格局，即使在汉语书法中也不易见到。蒙古文书法发展到今天，可能面临两种难题：其一是如何超越传统，推陈出新，创造出一种新的规范；其二是如何防止和剔除书法艺术的工艺化和行匠倾向。艺如乐图的书法创作实践或许为我们提供了一个新的经验和方向。

　　刻字在中国至少有上万年的历史，中国书法所尊崇的两大源流："碑"和"帖"，其中的"碑"就是书法被人刻在石碑上流传下来，成为后人临习的楷模。古代的刻字一般是书刻分离的，由文人写，工匠刻，当然也有例外，比如宋代书法家米芾，还有唐代书法家李邕，都是自书自刻，这样可以准确体现书家的笔法和风格。现代刻字艺术是用雕刻的手法，通过平面、立体和色彩三种构成，表现书法意境的创作形式。它是中国传统实用刻字、刻画艺术走向审美自觉的一个重要阶段。艺术家以书法为立足点，继承和发展了甲骨文、汉画、瓦当、碑刻等传统的工艺和方法，逐步摸索出了一种新的书法艺术形态。艺如乐图在这个领域，即使是从全国的范围来考察，也是一流的艺术家。他在吸取上文所列举的中原传统工艺和方法的基础上，继承了北方民族，尤其是蒙古先民的岩画和民间木雕、骨雕、毡雕和皮雕等工艺和方法，形成了自己独特的刻字艺术风格。我对刻字艺术领域所知不多，更缺乏研究，但是看了艺如乐图的几件作品之后，非常震撼。他将书法艺术、雕刻技艺和绘画融会贯通，通过笔意与刀法的转换，还有色彩和材料的装饰，给人一种古朴而又现代的审美体验。比如《玄之又玄》这件作品，材料是椴木，书体是大篆，"之"与"又"字，共用一个"玄"字。三个字相互勾连穿插叠覆，构成一个既抽象又象形的富有张力的整体。"玄之又玄"出自《老子》第一章"玄之又玄，众妙之门"一句，表达道的微妙无形以及创生万物过程的深奥难测。"玄"字在钟鼎文里像是一根绳子的两头对接，然后相对拧转，形成两个圆环，这便是"玄"的形状，寓意事物从无到有而发生的转变。这件作品恰恰是这种规律与思想的艺术体现。《一生一世》这件作品的构思非常特别，一根木杆，像普通的扁担，又似天平的等臂杠杆，两头各用麻绳悬挂着山体状的木结，其一刻有"生"字，其二刻着"世"字，两个字与木杆的"一"字形连接成一个词组："一生一世"。这让我想起李文宝的刻字作品《黄钟大吕》，木柱与编钟上的文字，让人仿佛听到远古的乐声和呐喊。相比《黄钟大吕》，艺如乐图的《一生一世》则更独特精巧，富有想象力，它让我们联想到人生、情感、家国，想到公平、安定，还有和谐、包容与相互依存等等人生与社会伦理。《天边》也是我比较喜欢的作品。一块矩形的椴木板，上方是草书的"天"，下方是大篆的"边"，"天"字的上横雕出板面，给人以空间上的延伸感。在技术上，艺如乐图巧妙地体现了草书"天"字的墨趣和线条的飘逸感，乍看又像是风中飞舞的"哈达"①，达到了"若将飞而未翔"②的静与动的审美临界状态，而"边"字的钟鼎文的镂刻效果又给人以金属的质感和道劲凝重的篆体风格。还有《中流砥柱》《长沙万里》《九曲黄河》等等，可以说都精彩纷呈，让人过目难忘。

总体来看，艺如乐图是一位成就卓著又勇于探索的艺术家，他在多方面的才华和艺术实践，使他在国内的书法艺术界独树一帜。我们知道，他是绘画专业出身，后来才开始蒙、汉书法、篆刻以及刻字的创作和研究。画、书、印，还有刻字等多种艺术形式的探索为他的成功奠定了坚实的基础。"书画同体"③、"书从印入，印从书出"④。篆刻必须有书法的基础，而书法又从篆刻中获得启迪脱化而出，所以，他的书法有凝练苍朴、金石铸凿的味道。正如王冬龄对金农的评价："画家字的趣，书家印人字的法，格调高，有境界。"⑤艺如乐图

① 哈达是蒙古族人和藏族人表示敬意或祝贺用的长条丝巾或纱巾。
② 见曹植《洛神赋》。
③ 见张彦远《历代名画记·叙画之源流》。
④ 见魏锡曾《绩语堂论印汇录》。
⑤ 见《王冬龄谈名作名家》，王冬龄著，中国人民大学出版社2011年10月第一版。

的刻字更是他综合艺术素质的高度体现，他以书法为基础，将传统的阴刻、阳刻、透雕、浮雕等技法融会贯通，并结合绘画、雕塑、裱装、设计，甚至还有装置等等艺术手法，将汉字和蒙古文字的形态在二维、三维空间中得以完美呈现，大大增强了作品的视觉扩张力和奇观性。

他用微笑与我们告别

——悼念红柯兄

红柯与我同龄，在我心目中，他是一个心无旁骛，一心扑在写作上的好作家，也是一个善良、真诚、无私的老朋友。我们相识多年，但一直没有特别的交往。直到2015年4月，他凭借中篇小说《故乡》获得《时代文学》杂志2014年度特别奖，我作为评委与他重逢在山东临沂。多年未见，感觉他沧桑了许多，但那双狡黠而又善良的小眼睛依然熠熠有神。之后，他寄来了他的两部长篇《喀拉布风暴》和《少女萨吾尔登》，并在每本书的扉页上，认真地用钢笔写下一段文字，记录或解释他写作时的想法，让我感动和敬佩。这几年，我去西安比较多，每次去都会约他一起吃饭、喝酒、聊天。他并不善酒，但总要陪我一杯。最近一次是2018年春节前，我到陕西省作协与评论家李国平商量《中国当代地方文学书系》的事情。还没到西安，我就发微信给他，邀他与当地的文友小聚。他回复说老母瘫痪在床，正在老家陪伴母亲，无法赶来。没想到半个月后他就突然离开了我们。

打开我的微信圈，我发现就在昨晚十点半多，他还为我的一条微信点了赞，之后的几个小时候里，死神就无情地将他的生命夺去。两年来，我接连地承受亲人、好友、同学的离去，内心一直被悲伤和恐惧笼罩，当心绪渐渐平静以致有些麻木的时候，又得到这样一个令人痛心的噩耗。

翻开《少女萨吾尔登》的扉页，我又看到了他当年为我写下的一段话："我的祖父曾在内蒙草原八年，我的父亲曾在康巴草原六年，我注定西上天山十年。大学时读到波斯诗人萨迪：'诗人应该三十年漫游天下，后三十年写诗。'我居天山小城奎屯十年，陕甘宁川交界小城宝鸡十年，2000年底迁西安十年。三十年间沿天山—祁连山—秦岭迁徙，三十年间数十次以田野考察方式考察甘青宁内蒙古，西域瀚海与青藏高原、蒙古高原、黄土高原连成一片。以长久生活为主，兼之以田野考察，就不是观光采风似的走马观花，而是生命体验。奎屯：蒙古语，寒冷之意。"这短短的几句话，几乎概括了他的一生，不断地行走，不断地迁徙，为了生活，也为了写作。

作为一个汉语写作者（我相信他的血液中肯定有北方少数民族的基因），他非常热爱和关注少数民族的生活与历史，尤其对蒙古族，他似乎有一种特殊和天然的好感和敬意。他的长篇小说《乌尔禾》第一版的封面上就用了蒙古文的书名，《少女萨吾尔登》也是借用了蒙古族音乐《萨吾尔登》的汉译名称。这几年，我们经常会在微信或者见面时交流和讨论一些有关蒙古族民俗或历史方面的问题，他的观点和分析让我受益匪浅，他对蒙古族文化和历史的理解绝对不弱于我这个蒙古族对自己民族的认识。我知道，他内心和头脑里还存有很多没有写完的故事和人物，有的已经成竹在胸，但是我们却永远也无法看到了。

常听人说写作是件快乐的工作，我不大相信，一个伟大而深刻的作家，他一定不会把作品当成快乐来写，他会把自己一点一点地剥离，从心灵到肉体，一直到自己成为躯壳，死而后已。红柯的写作本身就是一种牺牲行为，用自己的生命和健康为代价，为读者、为社会、为文学、为人类而献身。现在，他终于可以休息了，也许对他来说，他的最好的作品已经在那儿了，他的任务已然完成，只是我们还没有真正认识它们，珍惜它们。此时，他那狡黠而又善良的小眼睛又闪现在我的眼前，忽地一下又不见了。我知道他是在向我们告别，用微笑。愿红柯兄在天国安息。

用生命回报文学的恩典
——忆雪林兄

　　白雪林，我一直敬重的兄长，一个用汉语写作的蒙古族作家。他的小说真实地表现了科尔沁蒙古人的劳动和生活，富有浓郁的半农半牧地区的蒙古族的生活气息。古老而丰厚的历史文化传统与现代文明的矛盾、冲突，还有相互交融是他作品的重要母题。他的作品并不多，但几乎每一篇都给人深刻的印象。比如《蓝幽幽的峡谷》《拔草的女人》《成长》《霍林河歌谣》《一匹蒙古马的感动》等等。其中《蓝幽幽的峡谷》（发表于《草原》1984年第12期）获得1984年全国优秀短篇小说奖，这个奖等同于现在的鲁迅文学奖短篇小说奖。那一年，他三十一岁，刚刚开始发表作品，这篇小说使他一举成名，跻身内蒙古一线作家的行列。

1985 年 8 月，我大学毕业分配到了北京文学杂志社，年底，《北京文学》在北京的大都饭店召开笔会，邀请了国内当时最活跃的几位作家。记得有山东的矫健，陕西的邹志安，浙江的李杭育，北京的陶正、许谋清，还有就是内蒙古的白雪林等，由此我结识了他，并成为好朋友。那时候，《北京文学》即将更换新的领导班子，由作家林斤澜出任主编，作家、评论家李陀出任副主编，陈世崇担任执行副主编兼编辑部主任。《北京文学》上上下下都跃跃欲试，准备迎接新的变化。笔会除了举行编辑与作家的座谈和对话活动，还组织观看了欧美和港台最新的电影录像。后来对我影响很大的美国经典恐怖电影《凶兆》便是李陀先生带来给大家观赏的，还有由台湾作家古龙的武侠小说改编，由徐克执导的香港电影《蝶变》。《凶兆》神秘而让人毛骨悚然的悬疑化叙事，《蝶变》独特的主观镜头表达，给大家留下极为深刻的印象，也成为笔会期间大家热议的话题。我与雪林在私底下也讨论过这两部电影，我明确表示了对

《凶兆》诡异风格的着迷，它几乎成了我之后衡量恐怖电影甚至悬疑小说的标准；雪林则更偏爱《蝶变》的形式感。那时的北京已经挺冷了，我记得我们俩曾在户外有过一张穿着西服的合影。写这篇文章的同时，我试图找到这张照片，可惜没有找到。

那次笔会过了几个月，他寄来了他的最新作品，题目叫什么我忘记了。因为那时候我在编辑部还是个助理编辑的角色，没有机会成为他小说的责任编辑。这也是我的遗憾，当了三十多年文学编辑，竟然没有编过他的一篇稿子。之后他多次来北京参加全国的青创会或作家代表大会，我都会抽时间去看望他。差不多3年后，他完成了中篇小说《成长》，发表在《民族文学》上。他在电话里告诉我，这是他花心血最多的一部作品，希望我认真看一下，如有可能也希望我写一篇评论。我以为《成长》是他最诗意化的作品，充满了童年的欢乐、忧伤以及想象。小说叙述上采用了诗歌的通感和抒情性，以童年的视角，将视觉、听觉、触觉，还有嗅觉等孩子的所有感觉，融会贯通绵延在一起，营造了既有童话之美，又有现实之真的意境。

哈达从松软的草窝窝里爬起，小熊一样从高高的垛顶上向下滑。其实在他脚尖挨到冰冻的地面之前就已经注定他会成为一个出色的蒙古汉子了。但当时他却什么也没想。多少年以后他在蒙古草原的都城呼和浩特做那段往事的回忆时的的确确是从那一刻开始的。那草垛又高又大，是全村近千头牛、近万只羊冬天的食物。从垛顶上向下滑，飞快呀，欢乐而又能忘掉自我，那飞快的滑行中冲起一股微香的草的味道。那草当地人叫作羊草或碱草，冬天在大垛里捂着，还保存着鲜嫩的绿色，牲口吃起来一片沙沙声。那是草原上最好最肥的牧草啦，还有比吃起那草更令牲口惬意舒适和满足的吗？那时牲口向牧人们瞟来的眼神都充满了感激。

我忍不住摘录了小说的开头部分，虽然这段叙述明显受到马尔克斯《百年孤独》开篇模式的影响——要知道，在20世纪80年代，中国作家对这种开头模式的仿效几乎成了时髦。但是读着《成长》的开头，我不仅没有不快，反而觉得这样的开篇非常准确、自然，并且恰如其分地表达了作者展开童年回忆的心境和情怀。我的评论后来发表在《民族文艺报》上，可惜刊物我一直没有收到，不久刊物便停刊，我的底稿也丢失了。那一年正好是1989年，之后他几乎停止了小说创作，开始写电影、电视剧，据说还做了一段生意。我们失去了联络，为此我对他还有点不高兴。若干年后，我们再次见面是他发表了《一匹蒙古马的感动》之后，那时候他的心脏已经装了两个支架，他已经不能喝酒了，只能微笑地举着茶杯和我们对饮。不一会儿，他站起来，走到我的身边，搂着我的肩膀，有些歉意地看着我表扬说：那篇写《成长》的文章是关于我小说最到位的一篇评论。我相信他说的是实话。

在我看来，他是个对文学有着深刻思考和独到见解的作家，并且他还敢于或者善于表达自己的观点和体会，尤其愿意与年轻作家们分享这种观点和体会，让我钦佩。他对年轻作家的帮助是无私的，不分民族，不分远近。看到一篇或者一部好的作品，他不光会提出诚恳的意见，还会主动帮助作者寻求发表或出版的途径。达斡尔族80后女作家晶达的第一部长篇小说《青刺》，就是他推荐给我，由我负责出版，后来还得了内蒙古自治区"索龙嘎"文学奖的新人奖。与他会面聊天很少会扯及八卦或政治类的空谈，他更愿意谈论文学和写作，比如，他会兴高采烈地告诉在座的最近读了什么好书，或者在创作上有什么感悟和遇到什么问题等等，时有真知灼见，给人启发。我从年轻时就经常与国内的很多重要的前辈作家混在一起，我深知听他们聊天比听讲座或者看他们的创作谈更有意义。那是没有经过修饰的话语，没有隐藏，没有伪装，你甚至可以听到他们在创作过程中的快乐和困惑，以及他们写作的软肋。我以为，这样的交流才是对年轻作家最有帮助的学习方式，而一个负责任的作家也应该以这种方式去关怀和帮助年轻的作家们。雪林正是这样的作家。

最后一次见雪林，应该是2016年夏天父亲病重期间，他来看望我父亲，之后一直没有音信，其间我去过呼和浩特多次，但那时他多数时间住在北京附近的燕郊，他女儿的家里，燕郊与北京城区还是有段距离，我也不便多打扰他。后来有一天，作家路远告诉我，他见到雪林了，他的心脏搭桥后，效果不理想，身体非常虚弱。突然有一天，在内蒙古作家竞心的微信里看到他转发了白雪林的小说《蓝幽幽的峡谷》，我看到一条留言是"雪林老师，走好。"我内心其实有过心理准备，但还是有些发蒙，因为最近这几年身边的亲戚朋友和作家走得有点儿多，我甚至有些麻木了，但是当我确认他真的离去的那一刻，还是让我感觉突然和无法抑制的悲伤……

雪林是那一批作家里最有才华的作家之一，也是其中最执着的作家之一。2013年7月7日，他在送我的小说集《一匹蒙古马的感动》的扉页上写道："文学是我们永恒的期望。"我相信他还有很多作品没有写完，那些故事、那些场景，还有人物和对话，我们永远不得而知，但是，他已经将自己的文学创作进行到了生命的最后一刻，为此，文学应该感谢他。正如他在《一匹蒙古马的感动》的题记中写的一样："马是草原上的灵物，它们感情最深厚，最热烈，对主人最忠诚，你如果把它感动了，它愿意为你奉献一切，直至生命。我为蒙古马哭泣。"重读这篇小说，我依然为这匹马而感动，我感觉雪林就是这匹叫查黑勒干的马，而文学就是他的主人。文学滋养并丰富了他的人生，他也用生命回报了文学的恩典。

　　雪林兄，一路走好。内蒙古文学、蒙古族文学乃至中国文学有你重重的一笔，这足以让你欣慰和骄傲，微笑而去。

他和我们一同思考并发笑

与肖克凡的结识是在什么时候，确实记不得了，可能是20世纪80年代，或者90年代，那时候我还在《北京文学》杂志任职，又极可能是因为我们的一个共同好友——闻树国老兄。说起闻树国，我必须要多说几句。他是当时天津百花文艺出版社《小说家》杂志的主编。90年代的天津，某种程度上来说是中国文学的一个中心，因为那里有两个了不得的杂志，影响了90年代甚至新时期文学的发展进程，一个是茅盾题写刊名的《小说月报》，另一个就是《小说家》。《小说月报》的影响力当时绝对在《小说选刊》之上，如果一个作家不被

《小说月报》选载，那他几乎很难说在小说界混出了名堂。而《小说家》杂志，人们肯定已经把它遗忘干净了，因为这个杂志早已经不存在了，就如同它的主编闻树国不存在了一样。

很难统计当年的《小说家》和它的两届"精短中篇擂台赛"推出过多少名篇名家，我搜肠刮肚只想起了刘震云的《一地鸡毛》、苏童的《红粉》、池莉的《你是一条河》、铁凝的《埋人》、王安忆的《歌星日本来》、迟子建《旧时代的磨坊》、刘恒的《冬之门》、叶兆言的《挽歌》、杨争光的《棺材铺》、陈染的《无处告别》、虹影的《你一直对温柔妥协》、朱文的《我爱美元》，还有莫言、方方、马原、阎连科、李佩甫、王朔、周大新、肖亦农、邓九刚、陈应松等，迟子建的处女作长篇《树下》抑或《晨钟响彻黄昏》好像也是发在这里的。到了90年代中后期，新生代作家风起云涌，我和他还策划了一年六期的"'南北中'小说家对抗赛"，由我带领北京队，王干组建南京队，冯敏召集"明星"队。北京队里有当时已经小有名气的徐坤、邱华栋、张人捷、丁天、王芫等等一干人。南京队里有韩东、鲁羊、赵刚等，"明星"队里有邓一光和张者等。南北中，三方轮番出场，一对一，用小说打擂对决。把当时的文坛搅得风生水起，硝烟弥漫。可惜后来他离开了《小说家》，之后《小说家》也没了，再后来闻树国兄就彻底地离开了我们。文坛从此无树国。

我写这么多的题外话，不单单是为了纪念或者缅怀一下我和肖克凡兄共同的好朋友，也是借机回顾一下那段几乎被遗忘的我们共同的历史，我觉得我不说，还有谁会说，谁还会记得？我清晰地记得，我和克凡兄在闻树国那昏暗的小书房里深夜长谈；我还记得，我们一同踱步在天津街头，从鞍山道到渔夫码头，或者穿过河北路去"疙瘩楼"喝酒。一晃闻树国兄走了快二十年了，我们却还在继续干着文学这个行当，我和克凡兄的友谊依然还在继续。我时常感觉，故去的人并没有故去，只是远走他乡，断了音讯，以此来考验活着的人的记忆。所以，我之后与克凡兄的见面，无论在哪儿，总会留出些时间谈谈闻树国，谈谈这个远去的好友，谈谈那个年头文学的热闹和真诚。

克凡兄与树国兄共有着天津人的特点，或者叫优点，为人厚道、平易近人，说起话来带着些天津的哏味儿，尤其是他讲的段子，非常好玩，透着幽默和机智。所以，当我最初读克凡兄的这部长篇《旧租界》的时候，我总感觉，小说里那个天真却又早熟的小男孩儿，那个不想说谎话，却对大人的世界充满好奇与不解，且又充满同情心的小家伙，就是肖克凡本人。我感觉是他在讲述，在观察，在和我们一同思考并发笑。

我感谢克凡兄搁笔多年重新开始长篇创作，便将他在内心和记忆里积攒了几十年的硬货交给了我，让我做他的责任编辑，让我作为读者去重新发现一个不同的天津卫。不少人去过天津的意大利风情街，去过德国人修建的"疙瘩楼"，但这些景点都是近十几年才被逐步修复起来的，在这之前，我们很难想象，旧天津也曾是和老上海一样是个"十里洋场一朝梦"的繁华所在。当然《旧租界》并不是写这些，而是写它如何被改造和改变，写它的消散。在这一点上，它与王安忆写上海的《长恨歌》异曲同工，只不过《长恨歌》写得悲情而富有戏剧性，而《旧租界》相对平实、温情和节制。

《旧租界》的叙述时间，是从天津解放之后，一直到改革开放初期，差不多三十年的时间。三十年囊括了中国不同的历史时期，从建国初期的"社会主义改造"到60年代的"文化大革命"，再到70年代末以后的"改革开放"。小说写了旧租界内各色人物的心态和不同命运，既有旧天津的风土人情，又有新社会的时代气息。作者非常善于塑造人物，语言也透着天津人的独特韵味。小说既有理性的反思，又有深刻的挖掘，尤其是作者写出了逆境中人性的温暖和普通百姓的善良与坚韧，还有对未来的向往。

写新中国前30年的历史，"文革"是绕不开的主题，然而不少作家写这段历史，过于强调人物外在的冲突和戏拟化的言行，少有深刻的剖析和历史的真实感，使我们对那个时代的了解止于简单化和概念化，这其实是对人性复杂性的浮泛化的解释和表达。而克凡兄却处理得非常自然、节制、冷静、举重若轻，给人新意。那确实是一个大融合的时代，也是一个混搭的时代。大家闺秀叶太太嫁给了被人瞧不起的"管匠儿"穷张，即水暖工；小男孩儿的妈妈，重点中学的教师（知识分子）嫁给了大老粗，下放农场的领导曹书记。这种奇妙的错位，恰好象征了时代的变迁和特殊年代的世道人伦，甚至审美风尚的裂变。叶太太应该是小说中非常重要的一个角色，在她身上浓缩了中国当代史的曲折和进程。正如克凡兄在与同是天津作家的龙一的对话中所说："她（叶太太）的人生轨迹也是三进三出三起三落，最终命运画了个大大的圆圈，看似重返原点实则丧失了原点。通过叶太太这个人物，我以大量细节表现我们的文化传承的流失与守望，譬如叶太太怎样从工程师太太蜕变为蓝领工人的媳妇，过起柴米油盐的世俗生活，最终还是分道扬镳。我试图以象征手法表达人性力量的起伏与消长。"这一点，我非常同意。

总的来说，这部长篇与作者以往的小说相比，文笔更加老到，尤其对人物的观察与把握非常到位，是一部有特色、有风格、有思考又好读的作品，应当引起我们的关注。

为了给克凡兄助威，我在编辑这部长篇时，突发奇想，请了国内著名的七位作家，何立伟、郑彦英、王祥夫、关仁山、葛水平、冯秋子、荆歌，加上我，一共八人为这部小说画八幅插图。当我把我的设想传达给这几位作家的时候，得到了他们一致的响应。几位作家集体为一个作家的一本书做插图，在国内恐怕还是第一次，况且每个作家从自己不同的角度，用绘画捕捉细节和场景，阐释小说的内涵和故事，我认为是一个有意义的尝试，也是这本书的一个亮点。

生活的花环：看雷加对文学的回顾

在《北京文学》工作时，经常在文联的春节联欢会上见到雷加先生，只是远远地看，没有说过话。但是知道他是延安时期的重要作家，新中国成立后也有不少作品问世，可惜我没有怎么读过他的作品。后来因为编辑他的新书《生活的花环：雷加文学回顾》，看了他的一些作品，感觉颇有收获。

这部书是由北京作家协会资助，雷加先生的女儿刘甘栗女士编选的，收集了他从事写作七十二年来的心得和代表作品，其中包括他二十一岁时写的处女作随笔《最后的降旗》以及我比较喜欢的短篇小说《一支三八式》等，约三十一万字。《最后的降旗》写的是"七七"事变后，东北流亡学生在北平沦陷之前撤离的一段往事。当时，日军的炮火围困了北平城，中国的军队、警察全都早早撤离，只剩下无辜的百姓和学生。准备投身抗日救亡运动的学生们看着学校的国旗在硝烟中徐徐落下的一幕，让人哀伤和悲愤。

《一支三八式》是雷加先生非常独特的"抗战"小说。他在《与生活同在》的一篇创作谈中曾说：这个故事是直接从前线得来的。"它们来自两个方面，一是当事人刚刚离开火线，带着心灵的颤动甚至是肉体的创伤，向我做内心的叙述；另一种是由部队首长或宣传干事转述而来。"小说写的是一个排在战斗撤退时，六班长没有退下来，战士们非常不安。有人担心六班长的生死，有人为六班长带着的一支最新型的三八式枪可能落入敌人手里感到可惜。我们知道，在战争年代，人虽然重要，但是一支好的武器更重要，何况那支枪还是全班最好的枪。为了寻找六班长，也为了那支三八枪，战士曹清林一个人再一次爬上那个山头。想不到曹清林到了那个山头后，无意中担当了掩护右翼五连的撤退任务。

他终于找到了那支三八枪。他用这支枪和敌人展开了激烈的战斗，以一个人的生命代替了一个连的兵力阻击了敌人。人们只能在山下听到手榴弹的爆炸声和那支三八枪的清脆的响声。曹清林牺牲了。当后援的部队重新占领山头的时候，人们只看到他"残留在右食指上的手榴弹的丝绳，有一根狠狠地陷进了肉里"。"在他身边的岩石上，平放着他的唐县造（枪的一种）和那支呱呱叫的全连喜爱的三八式。"看了这篇小说，我虽然无法真正了解战士们当时的想法，但是我为作者将枪作为一个与人同等重要的因素，并且写成了小说，感到吃惊和钦佩。据说作者因此还遭到非议，说他宣扬了"唯武器论"等等。作者也承认在收集子的时候不得不几次改动。所以现在我们看到的应该是经过修改的，这不能不说是一个遗憾。

关于武器与人的关系肯定是一个敏感和复杂的问题，虽然我们常说，在所有一切之中，唯有生命是最重要的，也是最宝贵的。但是在一个特定的时期或者一个特定的环境，也许就是另一回事。冷兵器时代，除了统帅之外，人就是一个棋子，甚至是盾牌，而到核武器时代，个体的人就更显得微不足道了。在当年的抗战环境中，八路军和它的游击队极端缺乏枪支，游击战士和民兵只有大刀和长矛，所以一支三八式在战士眼中有如今天的冲锋枪，是相当宝贵和难得的。其实仔细看这篇小说，我们会发现，在决定去寻找六班长之前，战士们已经预感到他牺牲了，因为在他躲避的地方已经被炸弹炸了一个大坑。但是他们依然心存侥幸，希望他还活着。连长的话意味深长："可是，也许滚在山坡上，被树枝挂住了？""既然弹坑里看不见什么，一定是受了震动滚下去的。他一定是昏迷了，现在也许醒了；可是你们全撤了——还有那一支枪呢？他是多么好的一个神枪手。他那支三八式是敌人亲自给我们送来的。你们使的什么枪？水连珠，套筒，金钩，老毛瑟，还有唐县造，哪一支能顶得住他的枪。六班长活着的时候，他是怎样对待那支枪的？你们，你们又是怎样对待六班长的？"我想这些关于枪与六班长的话绝对是从真实生活中来的，不然何以如此精彩，也许雷加先生受到当时环境的影响不能或者无法完全表达他真实的感受和思想，但是现实却活生生地将真实突现出来，无法遮盖。

书中还收入了雷加先生在全国各地的采访和日记、书信等。其中与上海女作家函子的来往信件也颇值得一读。它记录了南北两位同代作家的友情，也侧面反映了当时文坛的一些不为人知的内情。

　　书出版后，我收到刘甘栗女士的手机短信："兴安你好。书做得很好，老父亲很满意，向你致谢。刘甘栗。"可惜不久，就传来雷加先生逝世的消息。我感到悲伤的同时也感到欣慰，毕竟先生亲眼看到了这本总结自己写作与人生的书。九十五岁高龄，最后一位曾列席"延安文艺座谈会"的老作家离开了我们。《生活的花环》这本书就算是雷加先生留给尘世的最后纪念吧。

王小波的灾难

——由《王小波全集》想到的

在我的书架里，有王小波著作各种版本，最喜欢的是中国青年出版社的四卷本《王小波文集》和华夏出版社的《黄金时代》。前者是精装，系王小波过世后出版的影响最大的选本；后者是平装，纸张和封面之简陋不可同日而语，但它是1994年我参加王小波研讨会时作者送给我的，而且这也是王小波第一本正式出版的小说集。我有个嗜好，就是对自己喜欢的作家一定要尽量将他的作品搜集全，若有全集当然最好，比如托尔斯泰、莎士比亚、纳博科夫、鲁迅，还有郁达夫等。在我看来，所谓"全集"既是对一个作家的盖棺论定，也是对一个作家作品的全面占有，虽然不一定每篇都阅读，但那种感觉确实挺好。云南人民出版社出版的《王小波全集》恰好满足了我的虚荣心。据说这套全集要出十卷，现已发行五卷，其中包括杂文《思维的乐趣》《我的精神家园》，长篇小说《万寿寺》《红拂夜奔》《寻找无双》和电影剧本《东宫·西宫》。

如果从读者的角度来说，全集的出版至少有两个意义，一是可以对市面上众多的王小波图书进行一次整合。据不完全统计，大约有几十家出版社出版过王小波的书，内容彼此交叉重复，这不光是一种资源浪费，也给读者的购买和收藏带来诸多不便。其二就是可以借出版全集的机会，把原来由于各种原因无法单独出版的作品收入进来，使作品更加完整、全面，而且在装帧上也可以更加考究。这是《王小波全集》给我们的启示。

对王小波的作品，我不想多说，因为迄今为止，有关王小波的评论文章已经大大超过了他作品本身的数量。歌德曾经感慨莎士比亚是说不尽的，我希望王小波也应该是说不尽的，当然说不尽不等于车轱辘话的无限重复。所以，我希望在对王小波没有更新的认识和观点以前，我们暂且保持沉默，让他的作品在读者中自由生长，开花结果。

全集中的不少篇章，比如《〈私人生活〉与女性文学》《万寿寺》和《红拂夜奔》都曾在我任职过的《北京文学》杂志首发或者摘要发表过。《〈私人生活〉与女性文学》还引起了当事作家陈染与王小波的误解，以至流传了一些带有神奇色彩的说法。这些都成了中国文学中隐秘的一部分，且待后人去评说吧。

在《黄金时代》的后记里，王小波引用了英国哲学家罗素的一句名言：一本大书就是一个灾难。他说："我同意这句话，但我认为，书不管大小，都可以成为灾难，并且主要是作者和编辑的灾难。"在写下这些文字的时候，王小波肯定没有预见到，两年后自己的书会突然大卖，更没有期望他的作品能够获得如此多的读者。当然，王小波担心的"出版这本书比写出这本书要困难得多"（见《黄金时代》后记）的问题已经不成其为问题，但是另一个灾难却让我们所有人包括作者都始料未及，那就是他的书由最初被许多出版社和杂志社拒绝和退稿到后来成为更多出版社和盗版商的宠儿、摇钱树和印钞机，在我看来，后者引发的灾难与前者一样可怕。我没有做过统计，但是我可以肯定王小波的书（包括盗版）的总销售量，应该稳居新时期以来中国作家之首。这使我想起一部关于贝多芬的电影《不朽真情》（Lmmortal Beloved），在《D大调庄严弥撒》撼人的音乐声中，无数的维也纳人哭着喊着为贝多芬送葬，场面浩荡、悲愤夸张，而在他活着的时候，同样是这些人却向他投去鄙夷的目光和冰冷的石头，这就是社会给天才和大师的恶作剧。智慧而爱搞恶作剧的王小波绝对没有想到，在自己死后，却成了大众恶作剧的一个主角甚至明星。

2007年4月11日是王小波去世十周年，如何纪念这位作家似乎又成为一些人跃跃欲试的仪式和风头。对此，我在最近的一次记者采访中说："我觉得对他最好的祭奠就是阅读他的作品，把他作为离我们最近的一个大师。"之于其他的任何溢美之词或者仪式对作家王小波来说都将是恶作剧，同时也是一场灾难。

徐坤用话剧震了我们一道

徐坤为北京人民艺术剧院写了个话剧《性情男女》，请几个朋友去看，要求是必须携夫人或者女朋友前往。我开始没明白她的用意，就带女朋友去了。剧场门口，徐坤穿着小红羽绒袄诡秘地迎接我们。

当我走进小剧场时，一下子被剧场的氛围给震慑住了。强烈的聚光灯下，摆放着一张活生生的大床——以前在这里也看过几个戏，萨特的《死无葬身之地》和郑天玮的《无常·女吊》，可那时的布景不是监狱就是坟墓，离现实还远。而眼前这张性感诱人的大床就如同一面巨大的镜子，晃得人心惊肉跳，仿佛要将我们这些或许刚从小床起身而来的男女，进行一番映射和考问。此时我隐约感到了徐坤葫芦里卖的什么药。

那天来看戏的还有作家莫言、刘连枢，评论家李师东、王必胜、朱晖等。可除了我和朱晖成双成对，其他人一律是单枪匹马。

剧开始了，女主角穿着睡衣躺在床上开始审问晚归的丈夫。妻子软硬兼施，丈夫却欲盖弥彰，台词其实都是夫妻间的私房对话，但搁在剧场里就显得精彩而发人深省。猜忌、无奈、争吵、最后是离家出走，剧情终于演化成了强烈的冲突。此时，我侧目观察周围的人，都隐在黑暗中屏住了呼吸，内心或许正经受着自我的审视和煎熬。只有徐坤躲在一角窃笑。

我们这些饱经沧桑的人、老油条或者麻木者，每个人的经历都是一出或悲或喜的戏，很难被触动。想想周围的人（当然包括我自己），在现实生活中什么样的角色没有充当过，虽然演技不一，但绝对个个惟妙惟肖。但我还是被这个剧情震撼了。徐坤的确是写男女关系的高手，这一点早有其《春天的二十二个夜晚》证明，可是她居然高到把这帮哥们儿骗拢到一堆儿，让我们在炙热的聚光灯下经受一场非凡的洗礼——也只有徐坤敢这么"作"。

关于《性情男女》，解玺璋有一句话说得非常到位："家不属于男人，流浪是男人的宿命"。一个公认的好男人、好丈夫终于替我们这些有争议的男人说了一句公道话。谁说做女人难，其实做男人才难，做个事业有成的男人更难啊，做个事业有成又离了婚的男人便是难上加难。

记得电影《手机》放映的时候，一家报纸报道：大多数的夫妻看完电影后，回到家里都狠狠地吵了一架。为什么呢？就因为那个该死的手机。戏看完后，徐坤非要请大家吃饭，算是压惊？有一对夫妻看完戏早已悄然离开，剩下的人围成一桌，没有人谈戏的内容，个个都像心事重重却又显出轻松坦然。朱晖夫妇柔情地坐在一起说笑，可我心里暗暗地预感朱晖兄回家后免不了一场"审讯"。饭后，我和女友一路无话，临到家，我终于问了一句："感觉怎么样？"她故意反问："什么怎么样？"我说："这个戏啊。"她打了个寒战说："我感到冷……难道婚姻就是这个样子吗？"我拍拍她的肩，安慰道："没那么严重。"可心里却咬着牙槽：徐坤啊，让你得手了……

果然，徐坤的这个戏在京连演了十多场，受到了观众的热烈欢迎，媒体和专家都给予很高的评价。这也说明徐坤早就有相当的自信，不然她怎么敢拿这帮哥们儿当托儿，然后做个现场小实验呢？

八卦讲到这里，也该正经一下。我由衷地高兴徐坤话剧处女作的成功。我以为，在作家里，徐坤确实是个聪明的人，她在文学渐渐远离大众视线的时候，适时而又勇敢地抓住了曾经衰微而今正在复苏的艺术形式。她没有选择电影，更没有选择电视，而是选择一个相当古老而又有相当难度的艺术形式作为自己的载体，用真人现场面对面的方式，用几乎没有经过录音加工的真实的声音，强制性地让观众进入她所构建的艺术世界中，令你不得喘息，无法分心，并狠狠地敲打你灵魂最脆弱的地方。这是话剧的魅力，也是徐坤的魅力。徐坤用话剧给文学找到了另一个出口，话剧也因徐坤的加入吸取了新鲜的血液。

据说徐坤又在改编王蒙的长篇小说《青狐》，这部小说我还没有看，我想还是等到徐坤把它改成话剧之后再看吧。我相信徐坤会把它的精髓浓缩成一个更加精彩的舞台剧，并能从中挖掘和发挥出她对人生和世界的新的思考。我期待着她的另一场考验！

纪念一个被遗忘的作家

前几天看凤凰卫视采访电影《冰山上的来客》中"杨排长"的扮演者梁音，在观众给他的热烈掌声中我想起了一个人，一个作为《冰山上的来客》的编剧，却一直没有获得过掌声，并且早已被人遗忘的作家——乌·白辛。其实白辛应该是最先利用影像技术的作家，他写过话剧，拍过电影，可他依然没有摆脱被影像和娱乐时代冷落的悲剧。编剧如父，如果说电影是个家庭，那么编剧无疑是这个家庭的父亲，可是有多少人知道它们的父亲是谁呢？

白辛的祖先是赫哲族人，是中国人口最少的少数民族之一。他是1949年后第一个奔赴青藏高原的作家探险者，写出了新中国第一部大型游记《从昆仑到喜马拉雅》。他最早发现了被毁灭的古格王国，使传说中的古代文明遗址重现人间。他还为自己的民族写出了第一部史诗性的话剧《赫哲人的婚礼》，使没有文字的赫哲族的口头文学"伊玛堪"得以在今天流传和发扬。就是这位作家，当他在西藏拍摄的纪录片《风雪昆仑驼铃声》获得荷兰著名导演伊文斯的盛赞时，他的回答却是："洋人说好比不上中国戏园子里的一个满堂彩。"

几年前，我因为参与一部文学史的编写工作，查阅了许多他的资料，对他的写作和生活经历非常好奇和钦佩，同时也为他的自杀感到深深地悲痛。一个作家被后人遗忘是可以理解的，因为文学的力量终究是有限的，在物质膨胀、精神贫乏的时代更是如此。但令人悲哀的是，正是这个几乎没有给他带来任何声誉的《冰山上的来客》让他以死的代价告别了那个黑暗的年代。作家的妻子高蓝在一篇回忆文章中记录了他的死。

"文革"初期，白辛被定为"伪满人员"受到通缉，1966年9月的一天，他看到其他人被批斗蹂躏的惨景，内心非常绝望，虽然当时还没有冲击到他身上，但想到《冰山上的来客》已被定性为"反动电影"，便对身旁的朋友说："我可不想让他们这么折磨，我决不受这份罪。"第二天，他带上一瓶啤酒、一听罐头和一瓶"敌敌畏"，划船去到松花江上一个无名的小岛。据说，他死的时候是坐靠在一棵树下，面朝松花江，一手夹着一支烟，另一手揪着一条柳枝。周围的人都以为他是垂钓者，一直没有打搅他……

在那个时期，自杀的作家可以列个长长的名单，老舍、傅雷、周瘦鹃、闻捷、冯志等等，而白辛是其中最年轻的一位。据说现在只有喜欢他的哈尔滨人还经常记起他，甚至为他编了许多传说。比如说他死的那天，连续一个月没下雨的哈尔滨突然暴雨滂沱；还有的说他当时死得那么潇洒自在，肯定不是用"敌敌畏"自杀的。因为他是赫哲族，又酷爱钓鱼，所以对鱼很有研究，他能从鱼身上提炼出来一种毒药，吃了一点痛苦都没有……

2001年，也是哈尔滨的一个中学生写了一篇叫《我和三个并不遥远的故事》的作文，其中故事之一就是写的白辛：

我望着苍茫暮色中的江心岛，望着那一顶顶露营的帐篷和度假的人影，心，感到了一种疼。穿过时空隧道，我又看见了三十多年前的那一幕——绝望的白辛，当你最后一次乘船来到岛上，望着岛上熟悉的灌木和沙滩，你想到了什么人？当你铺好毛毯，亲手把毒药兑进啤酒中并一饮而尽的时候，你想到了什么？诗人气质的你，选择在松花江边结束生命，是想对滚滚流水，做怎样最后的倾诉？

我没有想到一个中学生还记住了这个几乎被人遗忘的人，那么深情、那么充满了孩童的疑问。我想，也许他那个时候选择死是一件非常幸运的事情，不然他面对那人性全面崩塌的漫长的十年，他将怎样熬过？他会完全清白地脱身吗？四十年过去了，而今应该是八十六岁的文学老人，他看着自己曾经用生命追寻而今已威信不再的文学，将作怎样的感想？

好在不久前，我终于看到了两卷本的《乌·白辛文集》，精装本，沉甸甸，我感到非常欣慰。我不指望这本书能够吸引多少人阅读，但是总归是有人为一个曾经被历史杀害又被今天埋没的作家竖立了一座墓碑。在这个墓碑的下面，埋藏着一个普通的赫哲族作家的心血和故事，没有鲜花和赞美，有的只是文学的伟大品格和精神。此时，我的内心深处仿佛飘过"伊玛堪"那悲怆悠远的歌声，歌声中有古老民族的历史回响，也有作家白辛不屈不死的魂灵。

阿塔尔：值得期待的文学新人

2017年初的一个寒冷的晚上，我在呼和浩特的一家咖啡馆，见到了《蕾奥纳的壁炉节》（见《草原》2017年第4期）的作者阿塔尔。他1995年出生，与我女儿同龄，现在还是内蒙古农业大学草业科学专业的大三学生。他自小接受的是蒙古语言教育，汉语几乎是他在课余时间自学的，后来他开始尝试用汉语写作，已经完成了一部30多万字的长篇小说《新洲，不朽梦魇》。他称之为科幻小说，我看了其中一部分，我以为它更介于科幻和幻想之间。从他的叙事中，我隐约看到了一个95后青年，试图用自己有限的经验，以他非母语的文字，构建一个我们所存在的现实之外的另一个世界的野心。这类小说有人称"架空"，有人叫"奇幻"，总之被认定是颠覆历史，逃避现实，等同于一种消极的娱乐化的写作形式。但我不这么看，这些写作者并没有无视现实，而是用他们特殊的观察角度和叙事方式，建造了一个与现实平行的另一种现实。在他们的现实中，我们所熟知现实里所有的东西，他们那里都有，善良抑或丑恶、光明抑或黑暗、欢乐抑或悲哀、正义抑或其反面。这种现实与我们的现实不仅发生着对应关系，而且它还会在恰当的时候与我们的现实相交，擦出我们意想不到的火团。

那天晚上，我们谈到很晚，主题就是文学，我似乎也很久没有花这么长的时间谈论文学了。后来，他告诉我，他那一晚上非常激动，久久不肯睡去。我其实也是一样，在那一刻，我既是谈论者，也是一个倾听者，那是一场60后与90后间隔了三十年时空的文学交流。虽然他说话不多，但我已经深深地感到一个对文学有着一腔热血的青年，渴望用自己的写作，将聚积在自己内心已经很久的思考与想象，公之于众，就好像一个在干旱的沙漠上寻找到水源的孩子，急不可耐地想把他的发现与那些干渴的同类分享。

内蒙古文学有过辉煌的时期，诗人群星灿烂，小说家享誉南北，如果列出这些人的名单足以让全国的文学同行刮目。但是内蒙古文学需要新的面孔，需要年轻一代的作家和诗人继承和发扬前辈的光荣。据我不完全了解，这些年内蒙古文学确实出现了几位值得关注的年轻人，他们正逐渐地为国内文坛所认知和了解，比如安宁、晶达、娜仁高娃、浩斯巴雅尔、远心、海风（腾吉斯）、辛保道、权蓉、赵佳昌等等，其中晶达的中篇小说《请叫我的名字》获得了《中国作家》新人奖，散文《最后的莫日根》获得《边疆文学》首届散文大奖，她的长篇小说《青刺》得到国内评论界的肯定，获得了内蒙古自治区第十一届"索龙嘎"文学奖新人奖；娜仁高娃的短篇小说《热恋中的巴岱·醉阳》则进入了中国小说学会2016年度中国小说排行榜；而海风的"时尚诗歌"也成为中国诗坛的一道独特风景。以上都是80后出生的作家和诗人，他们的涌现和取得的不俗成果，为内蒙古文学带来了新希望。相比较，阿塔尔则完全是一个新面孔，他的写作无疑更值得我们关注和关心。

　　关于短篇小说《蕾奥纳的壁炉节》，我不想阐释过多，我希望读者通过自己的阅读来分析、领会。总体来看这是一篇非常特别的小说，它的故事、人物，还有场景，都是我们差不多在美国西部电影里才能看到，时间和背景也是不确定的。我们可以将之当作一篇寓言，或者一篇游侠小说。有趣的是，作者有意给小说中的人物取了外国名字，蕾奥纳、伊芙琳、艾琳娜，而小说中提到的"白月节"，显然是蒙古族传统的"查干萨日"，蒙古语意为"白月节"，而"壁炉节"，会让人联想到蒙古族的"祭火日"，但壁炉似乎又是西方传统的意象，它与圣诞节无意间又生成了某种重合。

　　故事发生在一个叫"北境"的地方，"北境"（The North）这个词很特别，我最早在奇幻小说《冰与火之歌》中看到过，那是个由英国作家乔治·马丁虚构的世界边界。阿塔尔应该是借用了这个词，虚设了一个似是而非、亦真亦幻的杂糅的典型化空间。一个叫蕾奥纳的女游侠，抑或是枪手，受雇去一个叫赛息平原的地方讨债。巧合的是赛息平原正是她离别六年的故乡，而更让她不安的是欠债人恰好是她的妹妹伊芙琳。尽管小说中交代，所谓家不过是她被寄养的所在，两个妹妹与她也没有血缘关系，况且她的离家出走也是起因于两个妹妹的欺辱，但是她的内心却有些愧疚和为难，她恨她的妹妹，但是她又知道公平待她的养父得知她出走后的伤心与担忧。正是在这种矛盾、痛苦的纠缠之中，一路上，她以"抢她的生意"为由，神奇地射杀了七个同样是讨债的蒙面枪手。小说写到她与妹妹伊芙琳的和解，但是她无法与自己六年杀手生涯的血腥与"恶"和解，——"她实在是不知道该怎么去面对可能遇到的自己的家人。"于是，在一家人期待她回家共度壁炉节的傍晚，在她已经可以望见自己家的庄园的当口，她止住了脚步：

　　她久久望着远处的农庄，鼻子一酸的同时感到了喉头哽咽。农庄里就是等待的全家人，一切都可以重回正轨。期待的生活，丰盛的晚餐，温暖的被窝，还有缺失已久的亲情。蕾奥纳叹了一口气，她看了看自己的双手，空空如也，沾满鲜血。这样子可以回家吗？她犹豫不决，在帽檐上的积雪厚到可以感到重量时终于打定了主意。

蕾奥纳一拉缰绳，掉转马头消失在了地平线上，消失在了纷飞的雪花中。

最终，在另一头亲人举家庆贺壁炉节到来的时刻，蕾奥纳却坐在不远处的山洞里，对着篝火举起一小瓶蒸馏酒，享受着自己一个人的孤独。

小说的动因是蕾奥纳的两次逃离，一次是离家出走，另一次是见家门而不入。前一次是为了自己，为了摆脱寄人篱下的生活，也为了自由；而这一次却是为了家人，也为了忘却，或者说是为了与过去的一切彻底地"决裂"，而一旦"'决裂'则意味着你无法回头，无可逆转，因为它使'过去'不复存在。"[①]正如此，她也才能获得真正意义上的自由和解放。劳伦斯在评价麦尔维尔[②]的时候，曾这样说："离开、离开，逃逸……越

---

① 　见F.S.菲茨杰拉德的《崩溃》，转引自吉尔·德勒兹的《逃逸的文学》。
② 　美国作家，《白鲸》的作者。

过一道地平线进入另一种生命……"①这句话可以借用为我对《蕾奥纳的壁炉节》的一种解读。

感觉我说得有些多了，会让人有过度阐释之嫌。相较小说的内容，我其实更喜欢作家对叙述和细节的处理。小说的叙述非常冷静，谨小慎微，不动声色，但冷静的背后却潜藏着悬念和紧张感。而小说中的一段细节，尤其让我有很多启发：

　　腰间的伤已经开始疼了，子弹打得不深，蕾奥纳不觉得被打到有空腔效应。但足以让自己一瘸一拐的疼痛和逐渐开始扩散的温暖感还是让她觉得很不妙。她来到树木丛中后又拿出了手枪换上了子弹完整的弹匣。自己的营地篝火光就在前面不远，不过蕾奥纳没有乐观到觉得那里会没人。她抬起枪蹑手蹑脚地走向自己的营地，迎接她的是还没熄灭但已经很弱的篝火和她拴在那里的马。蕾奥

① 见《赫尔曼·麦尔维尔的〈泰比〉和〈奥穆〉》。

纳又朝着周围观察了一阵，在确认没有威胁
后才松了一口气。

　　这段描写告诉我们，一般的子弹打中人的身体是不
会马上感到疼痛的，它先要经过一段麻木，才会显现出
来，而且疼痛会伴随着发热向四周扩散。这些细节作者
显然是没有经验的，但是他却能给我们一种现场的真实
感，可见作者对细节的精准感受与想象力。换弹匣也是
常常被我们忽略或省略的细节，但是作者就偏偏将这个
细节从蕾奥纳的一系列活动中提炼出来。作为一个枪
手，弹匣必须时刻装满子弹，这是她生存甚至活命的一
个必要条件。有了装满子弹的武器，她才可以进行下一
步的动作，警戒四周，巡视敌人，直到解除危险。英国
作家詹姆斯·伍德说过："细节能把抽象的东西引向自
身，并且用一种触手可及的感觉消除了抽象，把我们的
注意力集中到它本身的具体情况。"（见《小说机杼》）
这句话道出了细节的奇妙作用，它可以让读者穿透语
言，亲临现场。还有前文我引用的一段细节，当蕾奥纳
准备回到阔别六年的故乡，与家人团聚时，她忽然看到

了自己抬起的双手，"空空如也"，却"沾满鲜血"。这个细节，我以为既是蕾奥纳对自我内心的反观，也是富有象征意义的凝视，它让小说中的人物自己与置身事外的读者同时看到了主人公悲剧却也悲壮的一生。这便是细节所产生的魅力以及通感效应，它可以让我们发现事物背后的光亮，同时也决定了小说人物的存在、生成和走向。

青鬃搅黄沙，赤月照白马。

霜蹄芳菲尽，还来就繁花。

你好，弗朗索瓦丝·萨冈

"世界上只有两种东西最出名，新小说和萨冈。萨冈是个作家，是法国的通俗小说家，世界上所有的国家都翻译了她的作品。""新小说"派的掌门人罗伯-格里耶如是说。格里耶肯定不喜欢萨冈，但是他所鼓吹的"新小说"绝对没有萨冈有名。一个十八岁就写出了奠定法国文学界地位的小说《你好，忧愁》，并且在全世界发行了三百多万册，这样的女孩子，确实会让很多人嫉妒，就连格里耶也无例外地调侃了一下，并且借萨冈提升了一回"新小说"的知名度。

很早就读过萨冈的小说，其中最喜欢的是《你好，忧愁》和《你喜欢勃拉姆斯吗?》，最近又看到她的一本传记《你喜欢萨冈吗?》，对她鲜为人知的创作和情感经历有了更深的了解。萨冈是这样一个作家，你可能不喜欢她的作品，但是你不得不为她的经历和生活方式着迷。她时髦、漂亮、不断地变换情人；她抽烟、酗酒、赌博、飙车，还吸过大麻。她曾给萨特写过肉麻的情书，令年长三十岁并且失明的萨特不厌其烦地请这位美女吃饭，听她朗读作品。她还与法国总统密特朗有长期的私密接触，这种温柔、暧昧、深情的交往一直延续到了密特朗的死。一个女作家，不管是看破红尘、玩世不恭、醉生梦死，甚至水性杨花也罢，却不招男人讨厌，反而更加令人痴迷，这绝对是了不起的女人，难怪连玛格丽特·杜拉斯这样的大家都对其暗藏妒意，一直不肯与她单独见面。

更令人吃惊的是，在这种"病态""迷醉""放荡"的混乱生活中，她始终没有忘记和影响自己的写作。一旦开始写作，她就会抛开一切，躲到一个安静的地方，不写得自己满意，她是绝不会重回社交场。她写小说，拍电影，还给百老汇写过音乐剧，几乎当时所有的艺术行当她都做过尝试。据说，她在从开始发表作品后的不到十年里，就赚了五亿法郎的版税，但是她从来都不知道自己的账户里到底有多少钱，她经常邀请大帮的朋友游玩、聚会，还给许多需要救济的陌生人签赠支票。她说："金钱既是个好仆人又是个坏主人。它是手段而不是目的。大量的金钱会让我们在奋斗的过程中滋长惰性，还是把钱看淡些吧。"

在《你好，忧愁》出版前，萨冈的真名其实叫夸蕾，萨冈这个笔名是取自普鲁斯特的《追忆似水年华》中一个王子的名字，这是她最熟悉也最喜欢的小说。而《你好，忧愁》的书名则来源于法国诗人艾吕雅的诗《几乎变形》："再见，忧伤/你好，忧愁/你铭刻在天花板的横木条上/你铭刻在我爱的人的眼里"。关于这本书的出版，还有个逸事，就是在她把书稿寄出之后，总感觉惶惶不安，于是就找到阿贝·格鲁尔特街的一个有名的女占卜师做了一番咨询，她得到的回答是："你的书将飞越大洋。"不久，她的书真的成了世界性的畅销书，被翻译成二十一种文字。当时法国著名的文学评论家安德烈·卢梭在《费加罗文学报》撰文说："弗朗索瓦丝·萨冈是个在男人世界里自由穿梭的女孩儿，她清澈敏捷的目光闪电般地穿透男人的肉体，直至他们的欲望、忧虑和自卑。用祖辈们的话说，女孩子深谙世事，从她们的眼睛就可以看出来。她们早熟了十年，或者比现在某些懵懂的女孩儿早熟了一生。她们已经知道了一切，如果人们让她们畅所欲言，她们将言而无忌。"

　　不知疲倦地写作，我行我素的对爱情和友情的追求，构成了萨冈多姿多彩的人生。她一共谈过两次恋爱，都是无疾而终，但是与她发生暧昧关系的男人多不胜数。她对婚姻是怀疑的，她曾说：人只有千分之一的机会获得幸福的婚姻。因此友情更让她感到自在与快慰。然而，她对友情的要求又是异常地挑剔，她说："我要求我的朋友有两个主要品质：幽默和无私。幽默，意味着智慧和谦虚；无私则是慷慨和善良。"正是在这个基础上，在她的周围自然形成了一个令巴黎人又恨又好奇的所谓"萨冈帮"，他们经常彻夜地饮酒狂欢，搞恶作剧，他们在各自的家庭和婚姻之外寻找和保持着富有传奇色彩的友谊。在这个圈子中，她与舞蹈家雅克·夏佐的"友情"是最耐人寻味的。两个人彼此倾慕交往了四十年，却从没有真正地结合。夏佐回忆道："在我和萨冈之间，从来没有嫉妒，没有独占对方的想法，这是完美的默契、温柔，没有猜忌的爱，激情还未爆发的爱。我们两人甚至都想到过结婚。麻烦的是，这种想法从来没有同时在我们身上产生。"当萨冈有一次正式向他提出结婚时，他心不在焉地拒绝了。几个月后轮到夏佐提出请求时，萨冈的回答则残酷而又坚决，她说："不，今晚我并不感到忧郁。"婚姻错过了，友谊却保持了，这也许是萨冈更想要的幸福。

可惜，晚年的萨冈并不幸福，几个最亲近的人（母亲、哥哥）和朋友（包括总统密特朗）相继离开人世，同时毒品事件、官司、癌症，媒体恶意的人身攻击，还有与人合作的生意受挫等等，使她经受了人生最大的困境，她几乎停顿了写作。幸好有一位拉丁美洲贵妇在这个时候给予她庇护，使她得以避开纷乱的事务写完了她最后的作品。

2004年9月24日，萨冈终于走完了她传奇的人生之路，也告别了缠绕她一生的"忧愁"。死亡使她得以安睡，死亡也让法国全社会一夜之间重新认识了这个可爱的异类，他们甚至给她了过高的评价，而她在十多年前给自己写的墓志铭则低调和满怀自嘲。她写道："1954年，她以一本成为世界丑闻的菲薄小说《你好，忧愁》出道，在经历了同是令人愉快而又草率的一生和一系列作品后，她的消失却只是一个对她自己而言的丑闻。"

在碎片中寻求他者

——萨义德与巴伦博依姆关于音乐和文学的对话

　　巴伦博依姆与萨义德是美国文化界两个重量级人物，尤其是萨义德，他的东方主义理论在世界范围内产生了影响。巴伦博依姆则是位天才的钢琴家，据说，他是世界上出版唱片最多的音乐家，更有意思的是他还曾是美国传奇女大提琴家杜普蕾的先生。

　　从出身背景看，两个人的来历也颇耐人寻味：巴伦博依姆是出生于俄罗斯的犹太人，后来居住过以色列；萨义德则出生在耶路撒冷的巴勒斯坦家庭，但是他信奉基督教。两个来自错综复杂，看似水火不容的民族背景的人，因为音乐，也因为思想而建立了长期而又深厚的友谊。这部"对话录"《在音乐与社会中探寻：巴伦博依姆、萨义德谈话录》更是擦出了思想与智慧的火花。

萨义德是古典音乐迷，且弹一手好钢琴，而巴伦博依姆不仅是钢琴家，更专职乐团指挥，所以两个人的对话从客观上来说是对等的相通的，从思想上来说也是互补的。据说在进行这些对话的时候，萨氏已经知道自己得了不治之症，将不久于人世，所以相对于他早期的洋洋大理，此时的文字更显出"人文气质"和"返璞归真"的平静（见李欧梵《我的音乐往事》），也成为萨氏留给后人最后的纪念。

在论及文学与音乐的区别时，萨义德认为："文学的一个缺陷是，它使用一种与日常生活交互的语言，而音乐则不然。"比如贝多芬的交响乐那种浑厚的声音除了在他的音乐中，你是很难听到的，而诗人或者作家的语言你可以随时听到。"文学更加民主，每个人都可以使用它"，音乐却有着特殊性，"它只存在于音乐中"，它是少数人的艺术，它需要某种专业训练，所以音乐是不好接近的，也是带有"统治性"的艺术形式。

而巴伦博依姆甚至把音乐上升到与上帝相提并论的

地位。他说："音乐就像上帝。我们无法谈论上帝，或者用其他方式描述，我们只能谈谈自己的反应……"同样，我们无法谈论音乐，我们只能说说自己听音乐的主观感受，而这种感受往往是不确定的，浅尝辄止的，就像面对上帝一样。比如莫扎特的钢琴奏鸣曲或者巴赫的《哥德堡变奏曲》，我们所做的只能是倾听，任何解释可能都是对音乐本身的限制和曲解。尽管专家们把以演绎《哥德堡变奏曲》成名的古尔德誉为巴赫的化身，把弹奏莫扎特钢琴的哈斯基尔比作莫扎特再世，但是他们最多就是音乐这个上帝的仆人或传教士，真正的巴赫和莫扎特，我们只能在倾听中体会和接近。正如萨义德的总结："音乐尽管易于接受，但却永远不曾被人理解。"

两个大师不约而同地对贝多芬有着特殊的偏爱。巴伦博依姆曾经指挥德国柏林国家歌剧院演出过全部的贝多芬的交响曲，并录制了钢琴奏鸣曲全集（EMI公司，10CD，我有幸收藏有一套）。所以他更多是从演绎者的角度来谈贝多芬，他说："我觉得贝多芬的伟大之处在于他是个纯粹的音乐家，所谓'纯粹'是指我坚信他整个一生吃着、睡着、喝着音乐。……像贝多芬这样的作曲家一旦完成了某一作品，那部作品便脱离了他，而成为整个世界的一部分。他注入作品中的品质便不一定还在那儿。因此，这些作品可以被解读或者误读，利用或者滥用。"他根据自己的演出实践，强调了演绎者的重要性，他认为，尽管贝多芬的乐谱是一样的，但是不同的人演绎就会产生了不同的贝多芬，比如同样是指挥《英雄交响曲》，富特文格勒与托斯卡尼尼孰好孰恶，也同样是《黎明奏鸣曲》，钢琴家施纳贝尔与波戈雷里奇谁优谁劣，尽管见仁见智，但总能分出胜负。他说，演奏贝多芬"需要带着巨大的、去发现意外的心理。换言之，你必须要直接将听众带入乐曲之中，让他开始音乐之旅却不知道等待着他的将是什么。你必须要让他忘记你已经知道的东西"。

　　萨义德则更关注贝多芬音乐中的哲学因素。他认为，莫扎特的音乐出自他对生活的天生的理解力，海顿来源于基督教的《圣经》，而贝多芬的音乐则是"把周围的碎片组合成一种哲学"，他遵守着坚定而理性的信念——一种对人类的信念。可惜这些信念在经过了一个世纪，已经慢慢消失，我们的音乐开始"进入了个人的神话"。他批评了勋伯格，认为他的无调性音乐是"一个完全静止的世界。那种音乐不再具有任何社会或者人类的信息"。他举出歌德和席勒的例子，对现今的音乐，也包括文学和文学评论等演绎者提出了"将自己的身份放在一边，以寻求'他者'"的观点，只有这样我们才能"具有更宽阔的视野"。他尤其钦佩晚年的贝多芬，曾写过有关贝多芬晚期作品的文章，认为晚年的贝多芬才是他心目中的真正英雄——遗世而独立。据巴伦博依姆回忆，萨氏死后，他的钢琴架上的乐谱就是贝多芬的一首钢琴奏鸣曲。"我生命里有这么多的不谐和音，我已经学会不必处处人地皆宜，宁取格格不入。"这是他在回忆录《格格不入》（*Out of Place*）中最后的一句话，这句话也成了他一生的真实写照，也是所有有出息的艺术家和学者的命数。

赫塔·米勒获诺贝尔文学奖说明了什么？

诺贝尔文学奖常常和我们开玩笑，和无辜的读者，和喜欢押赌注以期大赚一笔的出版商，还有我们一些没事业心人云亦云的外国文学研究和翻译的专家们。用评论家李陀先生的话这叫"带球过人"，你越是想左，我偏往右，你越是热门，我偏偏爆冷。据说现在每个出版商手里都有一个专家提供的诺贝尔文学奖的预测大名单，可结果往往是人算不如天算，涮了不少出版商，专家也成了"乌鸦嘴"。

赫塔·米勒（Herta Mueller）的作品，大陆还没有真正出版过（台湾出过她的一部长篇小说，《世界文学》曾翻译过她的一个短篇小说）。国内最新的《德国文学史》连她的名字都未提及，理由是她是一个由罗马尼亚移民到德国的作家。我没有看过她的小说，对她无法做出客观全面的评价，但是有两种可能或许值得我们思考：或者诺贝尔文学奖评委们昏了头，或者是我们的外国文学专家没有眼光、没有文学的识别能力。这个只能有待不久，我们看了作品才能判断。

赫塔·米勒的小说是关注政治的，对集权统治时期的罗马尼亚给予了深刻的批判。早期有作品《劳工营》和《专制统治》。没看过她小说的读者可以参考一下前两年获得法国戛纳影展大奖的罗马尼亚电影《四月三周两天》，那部电影是齐奥塞斯库独裁统治时期的真实写照——在法律禁止堕胎的荒唐政策下，一个早孕女孩儿的悲惨遭遇。关于小说与政治的关系，我想引用一句英国评论家迈克尔·伍德（Michael Wood）的话："小说都是政治性的，就算看来离政治最远的时候也是这样，同时小说又是逃离政治的，即使是在它直接讨论政治的时候。"这个论断可以作为我们将来评价赫塔·米勒小说的一个参照。

赫塔·米勒的经历很特别，她虽然生长在罗马尼亚，却是个德国后裔，从小就讲德语。会两种语言的赫塔·米勒大学毕业后做了翻译，却被国家安全部门盯上，要求她做国际间谍，她拒绝了，由此失去了工作。1982年，米勒出版了第一部短篇小说集《低地》，描写了罗马尼亚一个讲德语的小村庄的苦难生活，出版后不久就遭到了罗马尼亚当局的审查和删减。1984年，这部短篇小说集的未删减本在德国出版，受到德国读者的热烈追捧。1987年由于不堪忍受当局秘密警察的骚扰，她与丈夫瓦格纳离开罗马尼亚移民到当时的西德定居。

值得注意的是，诺贝尔文学奖评奖委员会对赫塔·米勒写作的"少数民族语言运用的独到性"以及"字里行间的道义感"给予了特殊的关注。赫塔·米勒是德国后裔，在罗马尼亚属于少数民族，上文中提到的《低地》就是她表现这一题材的成名作。她以一个儿童的视角，再现了巴纳特人（德国后裔）的乡村生活，揭露了家庭和社会的阴暗面以及官僚的腐败，引起广泛争议。所以，她的身份是双重的，也是奇特的，在罗马尼亚，她是少数民族作家。到了德国，她又被定义为移民作家，或者叫"外来者""边缘人"。就是这样一个外来者、边缘人，她用写作走进了世界文学的中心，占据了人类文学的制高点。

尽管赫塔·米勒离开祖国罗马尼亚20多年，但是她过往的生活经历却成了她写作的巨大财富和源泉。她说："对我来说最有意义的生活便是在罗马尼亚集权统治下的那段经历。德国的生活非常简单，而就在几百公里外，便是我那些过去的记忆。"她还说："当我离开的时候，我打包了自己的过去，并且意识到集权统治在德国仍旧是一个尖锐的话题。"

她就是在这种"跨文化"的两个国家和两个民族的夹缝中保持了一个写作者的独立性和自由精神，完善着作家这个职业应有的使命、价值和良心。所以，我以为她应该是个值得我们研究的作家，尤其是对少数民族作家来说，她的写作经验更是值得研究的一个文学现象。

翻译并熟知赫塔·米勒作品的皮特·安顿得知她获奖的消息时说："真是棒极了，我觉得诺贝尔文学奖终于颁发对人了，终于开始关注那些无与伦比的，但是往往被忽略的作家。在罗马尼亚，她是德国裔的少数民族，并且有着独特的生活经历。她不仅仅是政治讽喻地写作，她的作品还充满了诗意和完美。赫塔·米勒是一个了不起的作家。"

一个我们熟悉的陌生人：多丽丝·莱辛

　　写过《金色笔记》（*The Golden Notebook*）的近九十岁高龄的英国女作家多丽丝·莱辛（Doris Lessing）终于摘得2007年的诺贝尔文学奖。据说，得知自己获奖的消息时，这位老人正在超市购物，她淡然说了一句："我此前已经获得了所有的奖，而这次不过是最后一个胜利"。

　　她的小说在20世纪50年代的中国就有了翻译本，比如《青草在歌唱》，我在大学时就读过。而最有名的当数前面提到的《金色笔记》。该书20世纪90年代曾引进到中国，引起了文学界一阵骚动。2000年以后先后几家出版社将该书全文出版，有的将书名译为《女性的危机》，但所产生的影响已经大不如前。

《金色笔记》应该是英国文学史上最具女性主义象征的大师级作品。全书以《自由女性》的一个短篇小说为骨架，而这个短篇小说又分别被拆解为黑色、红色、黄色和蓝色四部笔记，组成了《自由女性》的主角安娜的一页页的笔记，构成一部支离破碎的精彩文本。其中黑色是有关非洲的经历，涉及了作家一直关注的主题：殖民主义和种族主义；红色记录了与当时政治事件和活动有关的故事；黄色则像是一个草稿，描写了一个虚构女人的爱情纠葛和写作生涯；蓝色是安娜的日记，记述了她与当时左派政党若即若离的关系，她放弃信仰后的痛苦以及与她多年相处的男友分手所造成的孤独和迷惘。小说结构的别致注定了小说内容的不同凡响。四种颜色就像四个变换的万花筒，内容可以随着我们的转动和变换顺序而产生不同的阅读效果和多重的复调式的意味。小说既真实地记录了20世纪前叶西方左派知识分子的彷徨与变异的历史命运，更探讨了女性在那个充满政治游戏的时代中的地位和自尊。女性的思维、感觉和经历——包括好斗、敌意、怨恨等等，是该书的主旋律，也是它受反女权主义者们质疑的地方。

西方理论界普遍认为，《金色笔记》是"一部自问世之日起便被广泛地认定是妇女解放的'圣经'，同时也是一部政治宣传册和一部关于精神崩溃的小说。"

多丽丝·莱辛的获奖我以为既是冷门，也是必然。所谓冷门是她的高龄和这么多年的被冷落和忽视，而必然我以为是她对女性的关注。英国文学界常常将她与弗吉尼亚·伍尔芙相提并论，认为她是伍尔芙以来最伟大的英国女作家。还有就是她用平实的文字记录了普通人的生活和观念，而其作品对社会和现实的强烈反照更是有目共睹。在她之前诺贝尔奖刚刚光顾了一位晦涩的女作家耶立内克，今天诺贝尔的评委们仿佛是忏悔似的安慰了一下更关注大众和普世价值的文学老女人。她的作品和地位无可争议，但她的获奖肯定会让有些人跌破眼镜。因为她显然是一个我们熟悉的陌生人，她让我们不得不重新从书架的角落找回初读她的感觉，在怀疑诺贝尔文学奖的同时，重新评估她的价值和意义以及由此引发的作家对社会和历史责任的讨论。

在得知她获奖的消息后，我试图找出收有她短篇小说《草原日出》的《当代英国短篇小说集》，未果。这篇只有五千来字的作品是我大学时代最喜爱并给我影响的短篇小说之一。小说写了一个居住在非洲干旱草原的白人孩子，无意中目睹了一头鹿被一群蚂蚁瞬间吃光，剩下一架白骨的过程。小说像散文也像诗，表达了孩子对生命和死亡的顿悟。自然和人生的残酷给他带来了心灵创伤，却让他对这个世界由天真懵懂到成熟和转变。

也许这篇小说正是多丽丝·莱辛童年生活的写照。十三岁辍学，十五岁离家谋生，做的第一份工作竟然是保姆。幸好雇主对她不错，送给她许多书，使她能够在打工之余阅读文学名著，并且开始写作。这使我想起同是获得诺贝尔文学奖的南非女作家纳丁·戈迪默（Nadine Gordimer），两人同样没有完成中学的学业，但是她们依靠自己的努力和才华成为诺贝尔文学奖历史上屈指可数的几位伟大的女性。多丽丝·莱辛曾说："不快乐的童年往往会产生小说家。"好像这样的话不少大作家都说过的。回过头来，历数我们国内的几个好作家，他们又有多少人有过快乐的童年呢？至少在这一点上，多丽丝·莱辛是我们可以仰慕和学习的楷模。

被遗忘和庸俗化的弗洛伊德

——纪念弗洛伊德诞辰 150 周年

2006 年 5 月 6 日是弗洛伊德诞辰 150 周年。不知为什么国内媒体对这样的纪念日出奇地冷淡，只有《中国新闻周刊》做了一个封面故事《弗洛伊德的幽灵》。回想 20 世纪 80 年代，弗洛伊德的理论刚刚进入中国的时候，他的书夸张地说"要比今天周杰伦演唱会的票更抢手"。当时，《精神分析引论》《少女杜拉的故事》《梦的解析》《爱情心理学》等弗洛伊德的重要著作相继出版，有的还是以"内部发行"的名义出版的，后三本书因为是台湾学者翻译的，所以出版时都没有获得译者的授权。直到 2004 年 9 月太白文艺出版社才正式引进推出了《少女杜拉的故事》和《性学三论·爱情心理学》这两个由台湾著名精神分析学者文荣光和林克明翻译的最权威的中文译本。

记得当时的中国民间文艺出版社在府右街太仆寺有个读者服务部，我经常去那里购书，有时候光弗洛伊德的书一买就是好几本，然后转送给朋友。我母亲当时在商务印书馆工作，我亲眼见很多人包括外地的作家让她代购《精神分析引论》。所以说，当年的"弗洛伊德"要比现在的《哈利·波特》《达·芬奇密码》之类火得不知超过多少倍。

弗洛伊德的理论影响和渗透到了众多的学科和领域（心理学、医学、社会学、教育、美学、文学和艺术等），它甚至改变了人类对世界和自身的看法。《梦的解析》是第一部把梦的意义引入科学视野并进行严肃考察和分析的著作，而《性学三论》则第一次将"性"与人的心理发展进行因果联系。在文学和艺术创作中，精神分析的概念和方法几乎成为作家和艺术家的基本常识，正如瑞士作家赫尔曼·黑塞所说："文学艺术家比心理学家更多地讨论和接受了弗洛伊德。"美国文学批评家霍顿和爱德华兹在《美国文学思想背景》中曾将弗洛伊德的理论在现代文学中的表现归纳为四个方面：（1）梦和梦境象征主义；（2）儿童性行为和俄狄浦斯情结；（3）某些重复出现的原始部落的礼仪形式；（4）直接描写精神病例。海明威和奥尼尔这两个美国作家的创作都受过这一理论的深刻影响，还有英国的劳伦斯、捷克的卡夫卡、法国的普鲁斯特等等。在中国，弗洛伊德的理论因为引入的时间比较晚，又恰逢20世纪80年代的"思想解放"，所以就更加深入人心。可以说几乎没有一个作家不受到弗洛伊德的影响，哪怕这种影响是不情愿的或者是不自觉的，就连最近刚刚放映的电影《无穷动》，初衷可能是个女权主义的电影，可最终也没有摆脱"寻找父亲"的弗洛伊德主题。

作为揭示人类自身隐秘的思想探险者，弗洛伊德似乎从来都是被嘲笑和误解的对象，尤其是在他创建理论的初期，"他遭到了只有最伟大的先驱者才会遭受的种种辱骂和攻击。但是，无论那些批评有多么刻毒，他从来不予回答。"（见《弗洛伊德自传》）就是在今天，很多人依然不喜欢他，认为他的理论已经过时，但是我们不得不承认，我们经常地不自觉地占有着他的资源和方法，以至将他的理论日常化、庸俗化。我们很多人在引用他的概念，或者呈现着他所描绘的病态或症状，可我们有多少人认真地研究过他的理论？幸亏后来有拉康、德里达和最近的齐泽克等西方思想大师重新解释并发展了他的理论，让我们还能记住弗洛伊德这个名字。我曾极为认真地审校过弗洛伊德的《性学三论·爱情心理学》和《少女杜拉的故事》这两本书，感觉他的理论很多是来自对病人临床的长期观察，以及富有想象力的推断。也许严格来说，他的理论不能算是完整的严密的科学，但它却是科学形成的基础和揭示真相的开始，就像人们推断大陆漂移说和宇宙大爆炸一样，他的理论是他渊博的知识、丰富的临床经验和对自身心理解剖的综合，是他勇敢的天才的推测与想象的结果。他的很多设想和概念今天依然左右着我们，若即若离，唯心且又唯物，就像一个游荡百年的幽灵。

弗洛伊德的著作在中国差不多都有了中文译本，但他的命运却与西方不同，我们对他的滥译、错译和误读，还有盗版代替和超过了对他理论的嘲笑和攻击。至今，《梦的解析》依然被当作中国的《周公解梦》随处可见，长销不衰，《性学三论·爱情心理学》则被当作庸俗的性启蒙读物，成了我们茶余饭后的谈资，而真正的弗洛伊德精神和原旨却被遗忘和庸俗化。天真的弗洛伊德曾设想过，当有一天自己的半身雕像被陈列在维也纳大学的纪念大厅里时，他希望上面题着古希腊戏剧家索福克勒斯在《俄狄浦斯王》里的一句话："他解答了狮身人面兽的谜语，他是本事最高强的人。"呜呼，如果弗洛伊德在天有灵，他面对自己在中国的境遇，他还会说自己是本事最高强的人吗？

弗洛伊德早已是我们文化记忆中的一部分了，"他几乎就是我们内心世界的一员。因为他从没有停止过对日常琐事的思考：对扑朔迷离的亲子关系、七情六欲、言语文字的思考，和对我们的隐私、我们的童年、我们的梦和我们的身体的思考。"（见《弗洛伊德别传：弗洛伊德和他的病人们的日常生活》）最后，我想用弗洛伊德自己的一句不大为人所知的话纪念这位伟大的"幽灵"，我称之为"两个凡是"：凡是看得见的事情里，都藏着看不见的一面；凡是口唇所闭而不谈的，都会从手掌中溜出来。——唯有清醒的意识才能驾驭非理性的错乱。

神圣的傻瓜，善良的杰克·凯鲁亚克

——纪念《在路上》六十年

　　2017 年是杰克·凯鲁亚克（Jack Kerouac）的小说《在路上》（*On The Road*）出版六十年。据说这本书的新译本在中国已经是十几次印刷，销售超过三十万册，可我严重怀疑有多少人真正读完这本书。我最早看到这本书是从作家徐星手里借的"内部发行"版。当时是1985 年，我大学毕业，分在北京文学杂志社，他则是正红透大半个天的青年作家，发表了小说《无主题变奏》，粉丝众多。有人说他的小说是受了《在路上》和塞林格的《麦田里的守望者》的影响，他否认，他说他是在写了《无主题变奏》之后才看的《在路上》，他更喜欢英国工人作家西利托的《长跑者的孤独》，我相信他的话。

我初读《在路上》，其实没留下特别的印象，也可能是徐星借给我的时间太短，我看得也匆忙。其中只记住了——萨尔、迪安和玛丽卢三个人裸着身子开车，引得对面开来的司机分神，差点拐进路沟，留下两条偏离的车辙——几个好玩的细节。后来又看了漓江出版社的版本，那时我正拼命写类似风格的小说，所以很亢奋，而最近读了上海译文出版社的新译本，也许是年龄大了，感觉就平和了许多。我开始在小说热闹的颓废的奔走的虚无的行为和情绪中体会到作者的悲哀之心。当时我看他们浪迹天涯，感觉他们就像是一群无忧无虑而又兴致勃勃的流浪汉，这其实是我年轻时神往的生活。但是今天看他们，他们在我心中引发的却是悲伤和无奈。我甚至开始同情他们的这种无望之旅。"在方向盘前面那个疯狂的埃哈伯（美国小说《白鲸》中的船长）操纵下，这条道路正在眼前飕飕地飞快展开，以难以想象的速度穿过这片呻吟的大陆。当我闭上眼睛时，我看到的只是展开的道路进入我的身体。①"这段被评论家称为带有梅尔维尔风格的文字，体现了宗教意义上的谦卑和包容。也是"垮掉派"的诗人艾伦·金斯伯格在谈到《在路上》时说："受难是他作品中最基本的特点和主题。第二个特点就是人生无常。"②所以，这种境界决然不是年轻时的我等能够理解的，而20世纪80年代国内出现了大量的疑似《在路上》和《麦田里的守望者》的小说，因而也引起了关于"伪现代派"的讨论，其中一个重要的说法就是，我们的年轻人并不具备《在路上》中人物的真实处境和天性，我们的小说都是不自觉的模仿，是所谓的西方哲学强加或渗透给我们天性的一种间接的情感。现在看来这种盲从与今天我们流行文化中的"哈日""韩流"现象没有本质的区别。

《在路上》的产生当然有其特定的背景和缘由，这便是我们众所周知且又臭名昭著的"美国梦"，所以有人将这部小说与《白鲸》和马克·吐温的《哈克贝利·

---

① 此段文字没有采用新版《在路上》的译文，我以为上面的翻译才能更恰当地体现原文的含义。

② 见巴里·吉福德和劳伦斯·李的《垮掉的行路者：回忆杰克·克鲁雅克》，译林出版社2000年9月第一版。

芬恩历险记》相提并论是有道理的。如果说《白鲸》预示着"美国梦"的破灭,那么《哈克贝利·芬恩历险记》和《在路上》则是对"美国梦"的逃离。马克·吐温将密西西比河变成了一条逃亡之河,它将黑奴从奴隶制中拯救出来,也把主人公哈克从父亲的专横和小镇"文明"的生活中摆脱出来。而《在路上》则更像是纯粹的精神层面的逃避。美国评论家莫里斯·迪克斯坦在《剑桥美国文学史》中谈到"汽车"和"道路"的繁荣与通畅对大萧条后美国社会的影响。他说:"汽车"和"道路"所引发的人口的流动和迁徙,使"美国人民正在成为一个无根的民族"。两者既是美国文明的新标志,同时也提供和造就了人们的焦躁不安和逃离它的新方法。"《在路上》一书的天才之处就在于它把这种新的躁动不安和关于道路的美国经典神话联系起来,并且用这种躁动不安来表达一系列具有颠覆性的价值观,……'路'代表了战后那种情感开朗奔放,行动无拘无束的美国精神。"小说主人公迪安等人的流浪式的奔走与其说是有目的的追寻,不如说是纯粹的对于运动的梦想,一种毫无方向,毫无意义的癫狂般的刺激与发泄,正如书中所说：我们是"神圣的傻瓜"。这些或许才是那个时代美国青年人精神生活的真实写照。

《在路上》无疑是美国文学的经典。但是人们对它的争议直到今天也没有停止。写过《冷血》的新新闻主义作家杜鲁门·卡波特就曾挖苦说："凯鲁亚克的风格不是写作风格，而是打字风格。"他的小说是打印在一张十二英尺长的卷纸上，几乎没有标点符号。所以他的好友，也是"垮掉派"作家的霍尔姆斯在读他的手稿时说感觉像在读中国的竹简。而小说出版的当年，《纽约时报》甚至讽刺凯鲁亚克压根儿不会写作，他把这本书奉献给公众是一种耻辱。客观地说，从阅读的角度看，小说中确实有很多精彩的段落和细节描写，正如美国评论家米尔斯坦所说："有的片段美得令人窒息。"但是这些段落和句子都点缀或隐藏在他平凡即兴的口语化的叙述中，没有耐心或者不喜欢他的读者很难体验。这就是我上文说的我怀疑有多少中国读者真正读完了这本书的原因。读他的书你不要期望传统小说所要求的故事，你必须怀着谦虚的态度，去寻找、去发现甚至要猜测（中文翻译肯定丧失了书中不少的精彩之处）文中令人感动和叫绝的部分。

如果追根溯源，《在路上》以及它所代表的"垮掉派"写作显然受了40年代美国波普爵士乐运动和抽象派及表现主义绘画的影响。波普爵士乐的即兴发挥，主张清新、自然的演奏风格，还有表现主义提倡的绘画是一个动作、一个事件、一种阅历，而不是一件经过加工而完成的物品的极端理论，这些具有行动意义的创作思想无疑对凯鲁亚克的写作产生了非常大的影响和转变，因为他之前出版的小说《小镇与城市》还基本是传统形式的写作。他戏称自己是"奔跑的普鲁斯特"，他用语言实践着爵士音乐不绝如缕的演奏，用放浪形骸体验着"行动绘画"的自由和激情，这种融合了两种艺术形式的写作方法也恰好汇入了当时正在兴起的反对传统，拒绝和嘲弄中产阶级的价值观的"青年反文化"的潮流之中。

　　除了《在路上》之外，凯鲁亚克还写了《达摩流浪者》《荒凉天使》《孤独旅者》《地下人》以及他唯一的剧本《垮掉的一代》等八本作品。这些书都是作者在《在路上》屡遭退稿期间写的，风格也与前者近似。在我看来《荒凉天使》是他最悲哀孤愤的作品，而《孤独旅者》应该是他的短篇集，有些篇章更像是诗或散文，尤其是《正在消失的美国流浪汉》，而我比较偏爱《纽约场景》，它是纽约醉生梦死生活状态的绝妙拼贴。也有专家称（比如美国评论家伊哈布·哈桑，著有《当代美国文学1945—1972》）《达摩流浪者》和《地下人》才是他最出色的作品。

成名后的凯鲁亚克并没有获得人们的真正理解，男人都恨他，甚至扬言要揍他，而女人只想和他上床，他也开始厌恶一夜之间成为名人的自己，他最悲哀的是人们关注他的人远远超过对他小说的关注。他说："作家应当如同影子，像影子一样仅仅是人行道的一部分。"1969年他死于酒精中毒。在最后的几年里，他几乎和塞林格一样过起了隐居生活。写过《兔子，跑吧》的厄普代克应该是最不喜欢凯鲁亚克的美国作家之一，因为在写作上他简直是一个精雕细刻的工匠，而凯鲁亚克的文字常被人嘲讽像印刷机的圈筒一样流畅。他在接受采访时这样评价凯鲁亚克："在他的作品中有一种善良的东西，一种感情上十分善良的东西。"这个迟到的发现也许并不被死去的凯鲁亚克买账，但我以为它应该抓住了一个视写作为生命的人的最本质的东西。

阿加莎·克里斯蒂与我们

一

　　读者喜欢一部小说，无非是喜欢其中的人物或者故事。阿加莎·克里斯蒂（Agatha Christie）小说的魅力就在于此。她小说中的人物和故事绝对超越了同时代的其他推理小说家。一般的推理小说很少注重人物的塑造，而多用心故事的营造，人物不过是故事中的过客，故事讲完了，人物也随即消失。克里斯蒂小说中的人物与故事不可分割。比如在她的小说里，如果没有波洛和马普尔这两个可爱的一男一女，我们就无法喜欢她的小说，甚至她的故事都无法进行下去。波洛侦探的潇洒与机智，马普尔小姐的细心和敏感给我们印象最深，以至我们相信他们是活在现实中的人物。尤其是马普尔小姐，她热爱和熟悉身边的生活，并直觉地观察它。她经常说的两句话："表面现象是不可靠的"和"留意你的第一印象"。这些话极其朴实和睿智，这既是她的探究案件的出发点，也是她的人生观。虽然她推理的方式有些琐碎和女人气，甚至可能被专业侦探视为业余和可笑。但正是因此，她能使每个读者都参与其中，甚至可以把马普尔当成自己，对案件进行细微的观察与分析，从而揭开一个又一个悬念和真相。

克里斯蒂的小说没有那些故弄玄虚的东西，更少有变态血腥的内容。她的人物与故事、对话和场景与我们的生活非常贴近。所以，我可以这样说：读了克里斯蒂的小说，我们每个人都有可能成为侦探。这或许就是她小说受这么多的读者喜爱的原因。

二

　　《捕鼠器》（*The Mousetrap*）原来是一个短篇故事，叫《三只瞎老鼠》。1952 年改编成舞台剧《捕鼠器》在伦敦首演。不久前，上海现代人剧社又将其排成了话剧。首先，这是个非常神秘的故事，与克里斯蒂以往的"网状缠绕"式的写作手法不同，她不是过早地让读者或者观众介入到戏剧之中，而是给你设置了几个可怕的悬念和场景，让你一下摸不着头脑。而最关键也是最绝妙的是，让在场的人重新扮演一遍谋杀前的那一刻，这种荒谬的安排让人物和观众不得不同时受到煎熬和戏弄，并且感到时空和人生的荒谬。这是克里斯蒂超越自己推理小说的一个作品，它形式上是恐怖的，内容上又是荒诞的。它不是建立在理性的侦探推理小说之上的，而是来自作者内心的对人生和世界的瞬间灵感和发现。所以，在有人问到这部戏剧成功的原因时，克里斯蒂得意地说："人们总问我是什么造就了《捕鼠器》的成功。除了这个明显的答案：'幸运！'之外——这是幸运，我可以说至少90％的幸运——我唯一能给出的答案就是这里有些东西是适合几乎所有人的：不同年龄和不同品位的人都能从中得到乐趣。"[1]

三

可惜的是阿加莎·克里斯蒂的小说，对中国推理悬疑小说的创作基本没什么影响，尽管她受到众多普通读者甚至是不少严肃作家的追捧。作家格非、马原、王安忆等都是她的忠实拥趸，王安忆还专门写过一本叫《华丽家族》的书，论述克里斯蒂的小说。我们知道阿加莎·克里斯蒂的小说系列最早在国内，准确地说是在大陆出版的是台湾作家三毛推荐的译本，大约是20世纪80年代末。那个时候，国内还没有私人侦探这个职业，破案基本是上级领导指挥，公安人员协作，体现集体智慧，杜绝或淡化个人行为。没有产生侦探的环境和土壤，我们的小说创作当然也就不可能出现真正的侦探和

---

[1] 见《阿加莎·克里斯蒂自传》，詹晓宁译，贵州人民出版社1998年10月第一版。

推理作品。另外，克里斯蒂的小说早已经深入人心，加上她无可争议的经典性和故事的程式化，借鉴或模仿她的小说是非常有风险的，搞不好会给人以笑柄。所以，我们只能将她的小说作为一个艺术品，一份珍贵的文学遗产，有距离地欣赏并对其表达敬意。

这两年克里斯蒂的作品又陆续被正式引进到国内，销售依然被看好，所以有人担心这会对中国本土的推理悬疑小说带来冲击。我觉得这个担心显然是多余的。经典作品永远不会对当下的创作造成不利的影响，只会鞭策当代作家寻求上进。我担心的倒是我们不大可能产生好的推理作家和作品，我们可能产生不错的恐怖类作家，但是侦探推理这个形式我们很难玩得转。它太需要作家的智商了，同时也需要产生这种类型作品的土壤和历史积淀。日本是一个推理小说大国，他们的推理小说发展和成熟用了几十年，造就了足以和欧美同类作家媲美的优秀的推理小说大师，如江户川乱步、森村诚一等。而我们的大师的产生不知道要等待多少年。现阶段，也许我们只能隔岸观火，当然也可以卧薪尝胆，在克里斯蒂的玫瑰色的阴影中期待着也许永远不会到来的那一天……

后记：我依然热爱着文学

当了30多年的编辑，也做了近40年的写作者，却懒于为自己编一本书。想起来有些羞愧。回首看自己写过的文字，竟然拉拉杂杂有近百万字，有评论、散文、小说，还有旧体诗。小说写作早已放弃，评论和散文却一直伴随于我，成了我表达和诉说的两个重要出口。旧体诗则多是我在画画的同时，在我的乡村小院，触景生情，意出笔端，写下的题画诗（此次，我选了三首分别放在三个插画页上），虽自觉有些句子不全合乎章法，但从未嫌弃，也从来没有想过放弃。这便是我近些年的写作状态。

收录在这本集子的散文是我几年来生活与经验的佐证，也是在那本羞于示人的《伴酒一生》之后，我出版的第二部散文集，篇目有一些重复，但多数是新作。书由三部分构成：第一部分是我对文学与艺术、社会与生活的亲历和感悟，还有对故土、对山川风物的观察和感怀。第二部分是我对当代国内几位作家和艺术家的回忆及印象，其中有汪曾祺、林斤澜、雷加、乌·白辛、思沁·毕力格图、张洁、刘恒、邹静之、王小波、格非、刘震云、孙甘露、肖克凡、徐坤、白雪林、红柯、艺如乐图等我尊敬的老先生或朋友。与他们的相识和交往，是我人生的一个幸事，让我虽然没有写（画）出他们那样惊世骇俗的文字（绘画），却随时提醒自己，他们其实就在身边，鞭策着我。第三部分是我在阅读国外作家与作品之余，写下的人物随笔。我喜欢读外国作家的作品，尤其是欧美作家。他们在我青年时就为我划定了好作家和坏作家，经典作家和平庸作家的界线，为我日后考察国内当代文学时有了一把客观而理性的标尺。

五年前，我开始了水墨艺术创作——其实应该说是重新拾起了画笔——延续了我少年时中断的绘画之梦，并在中国现代文学馆举办了"白马照夜明，青山无古今：兴安水墨艺术展"。当有人问我为什么突然想起画画时，我曾回答说：绘画比文字更能准确表达我的内心。但是我深知，文学永远是我的后盾。它打开了我绘画的新的视野，给了我丰厚的滋养和根基，也给了我创新的勇气和胆量。如果绘画是一颗美味的果实，那么文学便是一棵参天大树。我就是攀援在树权上的一个懵懂少年，当我两鬓斑白的时候，我终于摘到了那颗果实。所以，我感恩文学，同时也惊喜于文学与绘画之间神奇的关联以及彼此交汇而产生的巨大的能量。

总之，无论如何，我依然热爱着文学。

最后，我感谢我的母亲，她一直以来，将发表有我文章的报纸或杂志，小心地保存起来，登记在册，并且经常给我提出一些建议。还要感谢我的妻子骆庆，她几乎是我的第一个读者，给我很多鼓励和支持。同时也必须感谢时代文艺出版社的社长陈琛兄，他是多年来一直关注和关心我的好友，并且促成了这本书的出版，还有责任编辑闫松莹女士，她的认真和敬业让我佩服。还要感谢多年以来所有关心我写作的老师和朋友们，他们是我出版这本书的缘由和动力。

兴安

2019年9月于洗马斋